U0655653

诗集Ⅲ

情感教育入门

Sentimental Education Primer

臧棣　著

GUANGXI NORMAL UNIVERSITY PRESS
广西师范大学出版社
·桂林·

QINGGAN JIAOYU RUMEN

图书在版编目（CIP）数据

情感教育入门 / 臧棣著. —桂林：广西师范大学
出版社，2019.8
　（臧棣诗系）
　ISBN 978-7-5598-1908-6

Ⅰ．①情… Ⅱ．①臧… Ⅲ．①诗集－中国－当代
Ⅳ．①I227

中国版本图书馆 CIP 数据核字（2019）第 125261 号

广西师范大学出版社出版发行

（广西桂林市五里店路 9 号　邮政编码：541004）
　网址：http://www.bbtpress.com
出版人：张艺兵
全国新华书店经销
广西民族印刷包装集团有限公司印刷
（南宁市高新区高新三路 1 号　邮政编码：530007）
开本：787 mm ×1 092 mm　1/32
印张：13.625　　　　字数：220 千字
2019 年 8 月第 1 版　　　2019 年 8 月第 1 次印刷
定价：60.00 元

如发现印装质量问题，影响阅读，请与出版社发行部门联系调换。

目 录

卷三

卷　五

卷　六

卷 一

扦插入门

在折断枝条的声响中，你能听到
昨晚的梦中金色老虎
一个猛扑，咬断了野兔的肋骨。
带着不易觉察的木液，
枝条的末端，新鲜的伤痕
赌你之前就已准备好了
掺过沙子和腐叶的红壤土；
它甚至赌你知道它的成活率
意味着你的责任最终会升华
我们的好奇心，而不仅仅是
木槿开花时，那夺目的娇艳
能令紫红色的灵感重瓣。
和它有关的，最大的善
是每天早上，有人会弯下身，
给它的下身浇水。将粗暴的

伤痕转化成生命的根系，
面对这成长的秘密：你扪心自问
那个人真的会是你吗？

2017 年 6 月 24 日

菊芋入门

美好的一天，无需借助喜鹊的翅膀，
仅凭你的豹子胆就能将它
从掀翻的地狱基座下
狠狠抽出，并直接将时间的蔚蓝口型
对得像人生的暗号一样
充满漂亮的刚毛。为它驻足
不如将没有打完的气都用在鼓吹
它的花瓣像细长的舌头。
或者与其膜拜它的美丽一点也不羞涩，
不如用它小小的盘花减去
叔本华的烦恼：这生命的加法
就像天真的积木，令流逝的时光
紧凑于你的确用小塑料桶
给我拎过世界上最干净的水。
清洗它时，我是你骑在我脖子上尖叫的黑熊，
也是你的花心的营养大师；
多么奇妙的茎块，将它剁碎后，

我能洞见郊区的文火
令大米生动到你的胃
也是宇宙的胃。假如我绝口不提
它也叫鬼子姜，你会同意
将它的名次提前到比蝴蝶更化身吗？

2018 年 10 月 4 日

人在科尔沁草原，或胡枝子入门

十年前，它叫过随军茶；
几只滩羊做过示范后，
你随即将它的嫩叶放进
干燥的口腔中，用舌根翻弄
它的苦香。有点冒失，
但诸如此类的试探
也可能把你从生活的边缘
拽回到宇宙的起点。
没错，它甚至连替代品都算不上，
但它并不担心它的美丽
会在你广博的见识中
被小小的粗心所吞没。
它自信你不同于其他的过客——
你会从它的朴素和忍耐中
找到别样的线索。四年前，
贺兰山下，它也叫过鹿鸡花；
不起眼的蜜源植物，它殷勤你

在蜜蜂和黑熊之间做过

正确的美学选择。如今，

辨认的场景换成科尔沁草原，

但那秘密的选择还在延续——

在朱日和辽阔的黎明中，

你为它弯过一次腰；

在大青沟清幽的溪流边，

你为它弯过两次腰；

在双合尔山洒满余晖的半坡，

你为它弯过三次腰，

在苍狼峰瑰美的黄昏里，

你为它弯过四次腰；

表面上，它用它的矮小，

降低了你的高度；

但更有可能，每一次弯下身，

都意味着你在它的高度上

重新看清了我是谁。

2018 年 9 月 2 日

马兰花入门

无人区里的密丛草本,
以沙尘暴为洗礼,但开出的
紫蓝花朵却像蝴蝶同情
你害怕孤身一人去勘测
干燥的戈壁里的神迹。
就生长习性而言,它的自由是
绝不承认莽莽荒漠只是
死神的舞台。假如这情景
确实有点难以想象,你不妨
先用两块西瓜疏通一下
喉咙深处的生命的弹簧;
然后越看它越像一张绿脸
被无数针形长叶撕成了
蓬松的竹节草。根系发达,
入药的程度更全面到
浑身都是宝。适应性极强,
你抵达过的最恶劣的环境里,

也会有它的身影，但它不会
产生你会产生的垃圾。
用于驱虫时，你甚至发现
原来给世界解毒的方法
可以多到用它的根须做扫帚，
魔鬼也会长久地跪在地上：
像刚脱过胎似的，默默搂住
领头绵羊的脖子。

　　　　——赠西凉

2018 年 7 月 15 日

红醋栗入门

又酸又脆，标准的小野果派头，
但端上来时，它的身价
陡然翻倍于土话里竟有
卷舌的花腔：它是自己种的。
就饱满而言，只有漠视命运的
原始冲动，才会酝酿出
如此新鲜的反调。落叶灌木，
新枝上的锐刺令你想到含羞
也可多于人性。它丰富于
天路偏爱借道迷途，
穷人是我们共同的隐喻；
它的花心几乎从不示人，
作为弥补，它的锌含量高到
仅凭口感，你就能洞穿
生活的秘诀原本就是
在平凡的场合接触物在风物中。
它多到随便采摘，只要你不伤心

我们已没有机会变回野人。
文学的小甜头，契诃夫
将它的象征性捏碎在
即将到来的情节的高潮时
特意提到普希金曾断言：
在助人高尚方面，真理
常常会输给谎言。所以
它看上去像灯笼，用蜜汁充电，
也就没什么好奇怪的。

2018 年 7 月 18 日

郁金香入门

战争期间，鳞茎球根
经简单腌制，成为救命的食物。
这侧影曾颠倒过饥饿的黑白；
但最终，艰难锻炼了记忆，
就好像最新的心理研究表明
令死神分神的有效方法是，
花神也曾迷惑于我们
为什么会如此依赖历史。
啊，百合家族的暧昧的荣耀。

人真的遭遇过人的难题吗——
假如站在它们面前，天使的数量
不曾多到足以令魔鬼盲目。
更古老的传闻中，原产地
醒目在天山。那里，牧草肥美，
巍峨的积雪至少曾让人类的愚蠢
获得了一个鲜明的对比。

同样的天气条件下，它们的美
比我们的真理更幸运。

我们的分类顶多是很少出错：
花是花的情绪，花也是花的意志；
花是花的气候，花也是花的秘密；
花是花的阳台，花也是花的雕塑。
有时，我能非常清醒感到
我们的见证因它们而确定无疑。
有时我又会觉得，它们的花容
如此出色，我们的见证
甚至不配做它们的肥料。

2017 年 6 月 15 日

敬亭山入门

最好的旅行仿佛总和
逆水的感觉相关。无形的码头
逼真于鸟鸣越来越密集。
车门打开时，我们像是
从摇晃的船舱里跳出来的。
密封的时间刹那间充满了
蜜蜂的叮咛。这一跳，
一千年的时光制造的隔阂
柔软成清晰的鞋印；这一跳，
也跳出了人心和诗心，其实
从来就差别不大；自然的环抱
绝不只是贴切于自然很母亲；
一旦进展到两不厌，密林的友谊
依然显得很年轻。这一跳，
也区分了悠悠和幽幽
哪一个更偏方：一旦入眼，
任何时候，翠绿都比缥缈更守时。

回首很随意，但水面的平静
却源于存在的真相从来
就不比竹林的倒影更复杂。
要么就是，比水更深的生活
是对世界的一种误导。
拾级而上，凤凰才不悬念呢。
因为杜鹃如此醒目，所以我猜想
山不在高的本意是：假如从未有过神仙，
我们怎么会流出这么多的汗。

——赠吴少东

2018 年 9 月 19 日

仙华山入门

上山时，密林沿弥漫的浓雾
反抗迷宫里的一个寂静；
清脆传递一阵鸟鸣，而真切的回声
则来自柞树果实的坠落
在你的血流中溅起的
一片大地的动静。望松亭下，
柴子豆腐不解馋，它只揭秘少女峰
果然软中带硬；不迷信时间的话，
最好也离相信时间远一点。
相比轩辕黄帝有一个美丽的小女儿
在此升天，西西弗的固执
仿佛也很通人性，甚至因笨拙而真实；
毕竟，人生的主要成就是
登临顶峰时，从我们肩头滚下去的
那块石头在陡峭的无形中，
究竟能砸出直径多大的出口。
当然，以深渊为出口，

最好别在没骑过仙鹤的人中间
随便提倡。想避免盲目的话，
最好的提倡对象，不可能
不在喜欢早起的灵魂中。
身穿冬天的衣服，每登上一个台阶，
如雨的汗流就湿透一片反季的主动性。
据说，百年前朱熹也曾沿着
同样的崎岖，将那个完美的悬念
从脑海深处释放到云海之上。

——赠西渡

2018 年 12 月 3 日 浦江

方孝孺新论入门

二泉山的阴面，葱茏的
佳木中，椰榆最拔萃；
起伏的蝉噪犹如变音的警报，
拉响在绿肺的深处。

但总体上，幽僻依然提炼
一个凭吊：浓密的绿荫中，
惩罚曾因嘴硬而残酷，
而死亡早已被风景稀释。

据说汤显祖的感叹比真相
更接近故事的原貌，
但更可能，再天才的线索
也会因原则的改变而日益模糊。

此处，青石有多重，要看你
怎么隐喻天平的倾斜。

你不会以为历史的悲剧
从未留下过形似蝉蜕的空壳吧?

成熟的秘密中，每个悲悯
都意味着一次剧烈的牵扯：
皇帝的权力可不是一般的春药，
吸食之后，人性的黑洞

已将地狱的火焰无缝对接在
张开的虎口中。动物多么寓言;
陪伴过老虎的人，都曾精明于
历史不过是一场赌博，

但坚挺的筹码既已攥在手心，

就这么丢掉，实在太可惜。
更何况生命和权力的不对称，
听上去就像一次盗墓未遂。

2018 年 7 月 30 日

冰斧入门

为了醒目，它的柄把
可能是黄的；一旦接触，
光滑的直接后果是，它细长得
简直不像工具，反而有点像
两个野蛮人相爱时遗忘在
现场的证物。而你事实上
躲不过这一幕：它的握感
犹如来自另一个世界的
对我们能否走出这冷酷的迷宫的
一种试探。世界已失去表象，
只剩下你还能看清周围
还剩下多少周围。坚硬很顽固，
但相对于它的尖锐，散落成
一地冰碴，也不是什么难事。
它很容易携带，很容易
从裤袋里拔出；更迷人的，
它相信智慧有时只能出自

连续的敲击。挥舞中，
它的敲击是认真的，第九十下，
必须准确击中前一个的落点，
它的回声才能冷冽地刺破
大地的寂静，转化成
自我之歌。但愿我没有认错，
你是我的邻居，你弄丢过
一把这样的斧子。你必须现在就去
把它找回来，为了那强光
还会穿透那些爆裂的缝隙。

2018 年 12 月

寄雪入门

你给大海寄过青春万岁

但绝不会给眼镜蛇

寄黑暗中的心脏。你给兔子寄过

一只猫，为此还跟邮局

大吵过一回，但不会想到

其实也可以给沉默的石头

寄去一座顶峰；竖起的牌子

写得很清楚，石头来自死亡的方向，

是从悬崖坠下的；它们很危险，

甚至比命运还盲目。

更盲目的，你给灿烂的夜空寄过

一架梯子，但后来发生的事

却有点像为了给梦寄去

恰当的礼物，你把所有的盒子

都用完了。轮到我时，

这白茫茫的雪景，就像刚和世界真相

闹翻了的一盘棋。地址不详，

轮回却已迫在眉睫；就仿佛

除了我，不会再有别的收件人。

并且因为雪白，现实只剩下

几个角落；每一步都会留下

深浅好于黑白；好在单据还没有丢，

上写着：十瓶天真，九包红枣，

七捆纯洁，六袋百合，

五沓冷静，已分三次寄出。

2018 年 12 月 30 日

马拉美的悬念入门

而我的灵魂会驳斥我的人生

——雪莱*

沙沙作响，但是安静更绝对；

稍一屏息，回声即心声；

如果不取巧历史，辽阔始终是

最好的听众；甚至悠悠也很耸立，

但前提是，白云不拟人。

寒冷比冷静更前沿；

爱上北方的理由可以有很多，

但最难解释的，最能让遥远的记忆

将你击中在小山谷里的，

依旧是，人的背影随着落叶纷纷

---

* 题记引自珀西·雪莱的《生命的凯旋》。

渐渐隐入苍凉对时间的诱惑。
那里，永恒和偶然
在生命之歌中的相互竞争
甚至激烈到骰子尚未掷出，
马拉美的悬念就已无关命运多舛。

2018 年 11 月 9 日

梅丽尔·斯特里普 * 入门

以青春为堤岸，寂静的晨雾
摩挲湿滑的斜坡，直到它狠狠插进
人生的寓言。羞涩的异端啊，
经历了苏菲的选择后，每个旋涡
都奉献过不止一个警句。
迷失在爱河中，至少能让你看清
对岸有没有法国中尉的情人 **。
另一处，特效来自紫苑草，
盲目的崇拜未必就不能过滤
猎鹿人也曾在黑暗中哭泣。
我几乎爱过在她背后出现的
所有幻象：在核电厂上班的
嗅觉灵敏的女工，撒在廊桥桥头的
爱的骨灰。那意思仿佛是说，

---

* 梅丽尔·斯特里普（Meryl Streep），美国女演员，本诗中多处语句和意象，诸如紫苑草，猎鹿人，等等，均出自其主演过的电影。

** 法国中尉的情人，出自英国小说家约翰·福尔斯的小说《法国中尉的女人》，梅丽尔·斯特里普曾主演由其改编的同名电影。

唯有离别，能成就内心的高贵。
再遥远一点，走出非洲之前，
她也曾在新泽西州的萨默塞特宾馆
给人端过盘子。她的微笑
甚至让咖啡也符合过滋味的逻辑。
和我们有关的人生角色，
无论多么复杂，从来就难不住她。
英国人约翰·福尔斯说的没错，
她属于那种"不知来自何处的女人"，
以便我们在麻木的处境中
依然有机会见证到伟大的情感。

2017 年 1 月 10 日

都灵的马入门

—— 重读尼采《扎拉图斯特拉如是说》

隔着汗津津的厚皮，
尖锐的疼痛在另一个红海里爆炸；
如果它仅仅是畜生，是挥舞的皮鞭下的
只能由冷酷来麻痹的对象，
那么，在你我之间
让沸腾的血液猛然凝固起来的
那一小坨可贵的惊愕
又会是什么呢？当都灵的乌云
带着黑色的困惑将现场围拢，
哪怕死神偷懒，那永恒的轮回
也会把你中有我带到深渊的边缘，
就好像那里埋伏着比窄门更多的抉择。
那里，坚决到沉闷的空气
叼着热烫的碎片，就好像无意之间，
空气暴露了时间是长过虎牙的。

那里，高昂的头颅被紧紧搂住，
伸出的手臂仿佛来自比神的觉悟
还要清醒的一个生命的动作；
而作为一种阻挡，你的拥抱
是比我们更天真的变形记的
分镜头，你的哭泣是歌唱的项链，
将伟大的疯狂佩戴成
围绕着无名遗产的一圈鲜花。

2018 年 9 月 29 日

血桐入门

蒴果开裂时，乌亮的种子
令食饵完美到蝴蝶甚至
想过多嘴就多嘴吧。
细心旁观后，它最喜欢做的事
莫过于和时间互换背景——
当人生的孤独减弱为
药力可疑，它将自己扎根在
海边的嶙峋中，比挺拔的棕榈
更醒目地构成时间的背景；
另一番辨认似乎出自故事的力量——
当海风不断提高嗓门，
试图绕过天使，深入新的角色，
它凭借猛烈的摇晃
争取到风景的信任——
那一刻，它几乎是信念之树；
迹象多到它的叶面宽大，
叶脉更逼真到比掌纹还命运，

并且每一片，都清晰得
像一个绿色的小盾牌。
那一刻，明亮的树荫下，
你侧过身，抓拍大海的永恒，
令时间蔚蓝到已无箭可用。

　　　　　——赠吴盛青

2018 年 10 月 16 日

以尚未长开就被摘走的苇叶为现场入门

多么漂亮的苇叶，但前提是
它们已与细长的茎秆分离；
多么葱绿的身段，但前提是
经过挑选，它们已被揪下，
握在他人的手里。它们已没有机会
等到它们长得再宽大一点。
多么风俗的结局，但前提是
用它们包好的美味的粽子
不会像包子那样，打在野狗的身上。
多么偶然的目击，尖尖的青叶
依然颤动在暮春的细风中，
就好像它们找到了新的依托，
将采摘者的人体当成了更粗野的茎秆。
每一个扯动都曾触及隐秘的
生命的疼痛，你却只能想象

而无法体会。多么迂回的仁慈，
但前提是，它们失去的植物记忆
仿佛能在诗的神秘中得到完全的恢复。

2018 年 5 月 9 日

理智和悲伤入门

安静时，悲哀是一棵树，
长长的绿叶垂向命运的暗示；
阴影下，呼吸沉重得像
一阵风在查验一块伤疤
是否已经愈合。你分裂为
在世界的表象下，由死亡构成的事实
远远不及心爱比心跳更冲动。
强烈时，悲痛是向你涌来的海浪；
你的面前，不可能没有永恒的沙子，
你的身后，不可能没有永远的棕榈；
而无尽的喧哗蔚蓝一个消失，
或许，再多的化身，甚至比信天翁
更醒目的化身也无法净化
那永恒的眷恋。那里，细沙滚烫，

时间的反光大胆漂白神的喜剧；

你的尖叫就像打开的铁笼门

充满了反响，反弹在腥咸的空气中。

2018 年 7 月 21 日

我欠你一个伟大的哑巴入门

初春的天空，湛蓝得
竟然像草原上的初夏——
一点也没假象的意思；
这只能意味着，在兰波预言的
我即他者中，你的缺席
已越来越严重。除了奇迹，
爱，不可能是别的化身。
除了爱，有些东西竟然
好意思取决于我们竟然
还没有崩溃。除了化身，
让我们以爱的名义，再狠狠
欠彼此一点东西吧。
我欠你一个生活的真相——
那里，尽头的指路牌上写着：
宇宙欠你一个我们来到
这个世界的理由。你欠世界的，
除了风景，没人会知道。

再挖一下，现在的无土栽培
确实有点意思。我欠你
一个理想的男人，用花梨木雕出的
细长的手指，用核桃木固定好的
硬度如此美妙的脊骨；
我欠你一个伟大的哑巴，
因为人类的语言根本就不足以表达
我对你的非凡的感情。
我欠你一份迷恋，除了死亡，
其他的不朽，都不足以媲美
你在我们的苦痛中经受过的
以纯真为代价的自我怀疑。

2017 年 3 月 8 日

世界诗歌日入门

十天前，我梦见我是一头牛，
血污从犄角上滴下，而渐渐消失在
草丛中的狮子已腿脚不稳。
起落频繁时，秃鹫也不像禽鸟，
反倒像沙盘上的单色旗。
回到镜子前，人形的复原中，
感觉的背叛已胜过意志的较量。
五天前，我梦见我是一只蝴蝶，
世界已轻如蚕蛹。甚至牵连到
太阳也是一只发光的虫子。
人生如绿叶，凋谢不过是一种现象，
并不比思想的压力更负面。
三天前，我梦见我是一片沙土；
我咀嚼什么，什么就会以你为根须，
柔软中带着韧劲，刺向生命的黑暗，
以至于原始的紧张越来越像
完美的代价。昨天，我梦见我是

一块磨刀石，逼真得像老一套
也会走神。春夜刚刚被迟到的
三月雪洗过；说起来有点反常，
但置身中，安静精确如友谊；
甚至流血的月亮也很纯粹，
只剩下幽暗对悬崖的忠诚。

2018 年 3 月 21 日

安静诗学入门

金牛奔跑，清晰的蹄印
让三月的大地看上去
像刚刚被敲击的鼓。
凹下去的地方，才有活力
反弹你在场不在场。
所有的真相都深深烙有
耻辱的标记，以至于时间的公正里
反而充满更多的假象。
轮到神秘的安慰贡献一个力量时，
还是自然最讲究道德——
就好比青草的尖叫，并不在乎
你的听力是否准确，它们只负责
提高画眉的音量。没错，

一首诗的确不能让奔跑的金牛安静下来，
但只要下的注合乎春天的尺寸，
它就能让整个宇宙安静下来。

——赠田一坡

2018 年 3 月 26 日

世界观入门

更卓越的绽放。五月花影
能纯粹的，岂止是一个缤纷。
我以花开为我们的边缘，
试图大胆一个匹配：
招展在眼前的，这些菖蒲
没准也会以你我为它的
陌生的边缘。人的极端
不一定就是极端的人。
即便背景重合于人生，
寂静中，还有一个更冷静——
甚至都没时间对翩飞的蝴蝶说：不。
水边，阴影的天堂已将钟声
融化在鸳鸯的潜泳中。

这样的安排很像一出戏：
每露一次头，刚被吞咽的小虾
就自动滑入我们的呼吸。

2017 年 5 月 9 日

鹧鸪的数量入门

暖冬如网，抽象你
生来就知道生活是我们的
最大的漏洞，而假如有例外，
情形又危险得如同天机
一旦泄露，我们很可能就是
生活的最偏僻的漏洞。
口径越纯粹，好人就更难逃
好人也是好人的漏洞——
很深，但不是深渊
一味沉迷于原始的恐惧。
寻求平衡时，小鹧鸪模糊如
时间的小黑斑，以至于
要把它们准确计入存在的理由，
你必须捡起石块差一点就击中
正蹲伏在河岸边推敲杀机的
一只黑猫。如果你没动手，
说明在附近拐弯的小河

起到了很好的分神作用——
还有比你说我要向它们道歉
更能分神的个人仪式吗？
更何况你深知我们的歉意充满了
道德的瑕疵，人类的暧昧——
比如你说我要为硕大的告示牌上
禁令醒目而排污却源源不断
而向这些可爱的鸊鹈道歉。
没错，它们缺乏真相的概念，
它们全然无知于它们实际上
是以我们为底线出没在
冬天的风景中的。它们的数量
牵动我的神经就好像我的心
是一枚刚刚落定的骰子：
最少的时候，连续四天
你只能瞥见一只鸊鹈
孤零零游荡在冰冷的河水中，

现在，它们的数量已多达九只；
假如你不打算浅薄于解脱，
要辨别出哪一只鹧鹕
是刚出生不久的，也不是什么难事。

2018 年 1 月 20 日

河边的黑猫入门

它身上的一团漆黑，仅次于
玛丽莲·梦露没能活到
1962 年的圣诞夜；它身上的花白，
面积要小很多，仅次于你见过
慕士塔格山脊上的积雪
令阳光刺痒，绝不是几个
点缀就能轻易打发的，
它真实存在，却很难回到现实。
同属于首都郊区，但它
没去过香山；所以它身上
浓重的味道，你不会有机会闻到。
昨天和今天的区别就是
它依然蹲伏在河边，枯黄的草色
将它暴露在一个邪恶的计划中；
时间的流逝对它来说更像是
对潜在的猎物的一次次聚焦。
它的耐心已沦为冬天的游戏的一部分。

回过头来判断你的动机时，

它的眼神如戴着黑面具的巫师，

它流露出的紧张更像是

为了避免你会陷入某种尴尬；

它已猜到你知道它的一个秘密：

它的肚子里还残留着

尚未消化干净的喜鹊的羽毛；

它知道你还没有告诉别人，

就好像这样的事只能用诗来暗示。

2018 年 1 月 27 日

爱巢入门

绝对开放，毫无隐蔽性可言；
酒店对面，它就筑在狭长的河塘里；
所用的建筑材料和鹊巢没什么两样，
只是枝条更纤细，里面甚至
混杂着几根彩色冰激凌吸管。
人类的垃圾就这样被利用着，
无奈中透着小聪明。此时
假如有一只手，凑过去翻动，
并取走那几根吸管，反而像
过度的干预。想象中，
岸边最起码应该有几株芦苇
或丛生的鼠尾草，作为隔断，
减缓一下潜在的威胁：比如
黑背鸥就一直觊觎巢中的鸟蛋。
其次，来自游客的好奇，
也很容易构成频繁的惊扰。
而它的主人，两只白顶骨鸡

似乎没工夫计较来自人类大脑中的
这些担忧；它们专注于自己的责任，
甚至雄鸟也会趴在那简陋的巢穴上，
像雌鸟一样从事孵化工作。
它的不设防涉及一些深意，
有的甚至有点残酷。毕竟
除了清澈的倒影，在它周围，
几乎没有东西可以构成屏障。
纳税人的钱显然没有白交。
或许也和驱蚊有关，坡岸上，
所有的杂草都被处理成
一块硕大的床垫。它不仅裸露在
我们的目光下，也暴露在
银鸥那贪婪而固执的眼光中。
轮到诗的责任时，我必须保证

我们的隐喻不会出任何问题；

否则，它看上去就像刚刚拿掉罩盖，

放在平静的水面上的一道菜。

2017 年 6 月 13 日

卷 二

比奇境更安静入门

如果不是身临其境，
你不会想到：潜藏在我们身上的，
一些天性，其实是
北风自己吹出来的；就差
那么一点，它们就要混同于
人性对兽性的克服。

现在，舞台已浮出内心；
表面的深刻再次轮到近在眼前。
河岸上，荒草已被刈过，
因断茬触动的记忆
如此相似，连成片的枯黄
获得了罕见的尖锐性；

用于视野时，越开阔的，
越像孤独的礼物。用于命运时，
与其克服孤独不如胜任孤独。

一只花猫已进入角色，死盯着

冷水里的小鹧鸪；在它身后，

即使绰号很形象，也轮不到人取代黄雀。

——赠张夏放

2018 年 1 月 13 日

人须有冬天的心境入门 *

堤岸上，时间和荒凉交错如
一笔刚刚达成的买卖，
以至于灰蒙蒙的地平线
看上去像蚂蚁用过的丝弦。
登高点仿佛还在，枯草丛生的
斜坡收留春秋的托付，
把世界的表象带来的麻烦
都推给了冬天。本该是冰封时节，
流水却翻滚着精神的分析。
轮替的瘾还没过够呢；
哪能这么潦草，就把人生
打发给阴阳呢。有时坚决的
盲目反而是窍门。凡可归入
结局的，都还不是真相。
凡忧虑被极度悲伤蒙蔽了双眼的，

---

* 诗题语出美国诗人华莱斯·斯蒂文斯的名诗《雪人》。

很可能早已偏离真理的对象。

希望即出没，小鹛鹛的分量

没准刚好；别看身材瘦小，

它可是保持距离的大师——

那样的距离不仅出没在

你和世界之间，也出没在

我和命运之间；以至于喜鹊惊飞时，

寒风像透明的器皿里的

可饮之物，刺骨到苍天有眼。

——赠憩园

2018 年 1 月 14 日

情感教育入门

姿态决定命运。就这么
下结论确实显得突兀。
难以接受的话，不妨把对象缩小到
你差一点就要养鸽子。
盘旋时，一个移动的项圈
自动配音，套向空气的脖子。
踱步的过程中，没点派头
你会以为它曾管臭鼬叫二哥。
性情的优势从一开始就很明显，
压得本能甚至在故事中
都抬不起头来。一旦温柔
也卷入分类，盘旋和踱步
会将美丽的鸽子简化为演技派——
盘旋的过程中，自由和欢快
让它成为情感的目标；
降落后，它的姿态迅速变成
它的弱项，虽然很隐蔽；

而一只野猫还是从侧后
捕捉到了仅有的杀机。
就这么结束的话，其实还需要
一个前提：最终在野蛮的胃口中，
它的性情输给了它的本能。

2018 年 1 月 29 日

世界的真相入门

山影深处，小溪清瘦得
像大海的触须，而海神并不记得
有过这样的事。他只记得
大海雄浑，经得起任何复杂。
而最简单的，天心可鉴，
简单并不需要简单的解释。
沿山势，溪水哗哗，
奔向一个永恒的声响，
令童年充满放松。我为你准备了
两个小桶，一个用来对付溪水，
一个用来对付大海。
捧在手心时，溪水和海水
都敏感于那单纯的透明
是否会让它们在对方面前
输掉自己。纯净的程度，
假如一个倒影从不担心
它的真实能否反映出

你的面庞是否会准确于
我们的内心，那么相比之下，
人的虚无不过是一堆垃圾——
就好像我们以为我们犯过的
最大的失误是，诗的天真
误导了这个世界的真相。

2018 年 1 月 30 日

捞鱼虫的人入门

底层的一幕，真相里
已没有真实。身穿厚厚的
胶布防水服，站在零下的河水中；
扭动腰肢时，他无意间暴露了
他的年龄，以及他的裤兜里
还掖着多少人民币。
远远看去，他很像一个环境工作者。
毕竟，尚未封冻的小河里
还漂浮着一些塑料垃圾；
虽然更刺鼻的是，附近的加工厂
趁着周末偷偷排放出的
不知名的浓浓的蓝黑液体。
走近后才发现，站在小面包车旁
抽烟的男人，原来不是
他的同伙，但他们早就认识，
并且和谐在一种松散的雇佣关系中。
当冰水里的男人提着收获，

臭烘烘上岸，他会掐灭烟头，
痛快地付钱。没错，他比你
更需要新鲜的鱼虫。
警示牌上仅仅提示禁止游泳，
所以他没义务向偶然的目击解释
还有没有其他的内幕。

2018 年 2 月 6 日

秘密治疗入门

一旦杂音消失，

这视野即构成秘密疗效。

所以，选择性必须突然强化到

让寂静陷入大面积晕眩。

接下来的事，就托付给心灵的瞬间吧。

碧绿，以至于北风

不得不让出主角；

但是，与此有关的人生的空白

绝不是空出来的。

摇曳，甚至让浩瀚获得了

一次美妙的精确，以至于野火

不得不暂时充当配角。

请注意一下领略和记忆的时间差。

一片草海能否构成一种风景，

是对全部的历史的挑战。

深入之后，作为一种高度，

眷恋却来自盘旋的鹰隼。

去地狱的边缘举报

滩羊的死因吧。或者，查一查，

从附近化工厂里冒出的

雪白的浓烟，土拨鼠究竟代持了

多少股份。轮到行使

诗人的权利时，我的存在

即我的使命。我更渴望接受的考验是，

一棵小草能否在我的注视中

构成一种独立的风景。

　　　　——赠雷格

2018 年 2 月 7 日

边缘人类学入门

起风后，细长的芦苇顺势
摇晃任性的枯黄，不再甘于
仅仅充当静观的对象。
万一存在的深意被自称是
过客的人看走眼了呢？
这么冷寒的天气，冬天的色彩
居然不受影响，比主观还镇静；
难怪起伏加剧情绪之后，
它们试图摆脱人类的视线
强加在它们身上的固定形象——
要么是铺垫，以便人生故事
堕入俗套时，时间的消耗
可以找到一个纯粹的理由；
要么是背景过于单调，
在岸边，它们带给命运的荒凉
俨然如一种新的风姿。
借助主动性，它们开始试探

与我们互为边缘的可能。

不就是把现象掉一个个儿嘛。

在你面前，它们依次充当过

世界的边缘，人生的边缘，

风景的边缘。出于回报，

在它们面前，你敢不敢暴露

我们身上的那个边缘。或者，

有没有底气在世界的虚无中

也信任一把即兴性？

就像帕斯卡感叹的那样，

所有的肢体都借自禾草挺拔，

但是很明显，它们的舞蹈

已远远超出植物的义演；

当你不再把它们简化成合影时的背景，

它们的舞蹈就会把你带向
宇宙的深处。在那里，
随便扭下腰肢，都是最好的游戏。

　　　　——赠吴向廷

2018 年 2 月 8 日

人生犹如钟摆入门 *

摆放在角落里，一幅画旧到
不仅在记忆中失去了来历，
也在情感中失落了基础。
暗黑的树林背后，艰难的
辨析始于隆起的山岗
正挺举模糊的背景。损毁的建筑
带着战争的残酷痕迹，
已习惯于以灌木丛为邻；
倒塌的拱门仰面朝向
历史的冷漠，唯有月光仿佛
感染到一个人生的角度——
一个女人，身穿蓝布粗衣，
双臂下垂，手心摊开，
头巾在冷风中飘向隐藏在
命运中的一个缝隙，以至于

---

* 诗题语出叔本华。

多年过去，因果关系
早已面目全非，但被刺穿的感觉
却同样强烈。最新鲜的感觉
依然来自黑暗中，就好像
真正的悲伤，只能真实于
它没法不是神秘的。

2018 年 2 月 11 日

比水仙更对象入门

和它有关的出发点

至少是随和的，从现实中发出

一个小小的邀请：伞状花序，

涉及情感的秘密时，请自备绵绵细雨。

它的芳香只负责男人

有时比女人还容易走神。

作为一个例子，纳喀索斯 *

纠正起来并不难；但如果

把阴影和命运弄混了，

就没有人能指出：在时光的流逝中，

凡在人生的自觉中称得上

是虚度过的，都实属极其幸运。

多么隐蔽的传递，它身上的花影

甚至经波斯人之手

也依然带有意大利的味道。

---

* 纳喀索斯是古希腊神话中的美男子，因爱上水中自己俊美的倒影，爱而不得憔悴而死。在纳喀索斯倒下的地方长出了水仙花。——编者注

美丽的支持只能来自

底部有时就是内部，沉浸中

它的卵状球形几乎从未辜负过

一个伟大的谦卑。即使出于

生活的节奏：我们有时会发狠

"让神话见鬼去吧"，它的腋芽发育

也不会受到丝毫影响。

它是情绪的产物，但它更守时；

它更愿意从时间的美德中

找到一个位置，把生命的开放

献给时光对它的期待。

2018 年 2 月 20 日

和天堂比不如和香雪海比入门

令现实再多一点自然的方法
其实并没有想象的
那么复杂。把黄酒浇到底，
人之树未必就轻浮于
小蜜蜂的团团转。放任记忆的话，
以花为媒，必然发展到
以江南为媒。没栽过
唯美的跟头，人的缺陷
更深不可测。脑海里，
交给草耙的工作，代号闪电行动。
芳香很及时，鼻子很伟大。
所以，成功的秘诀在于：
和天堂比，不如和早春二月比。
太湖边，绿意由朦胧表决
一个赎回：我们到底还有没有机会
起伏在春天的传说中。
哦，香雪，比大海的美更激进，

更擅长从走神的尘世中
把生命的冲动拽向
花枝乱颤；目的只有一个：
和天堂比，你还没有出生。
和地狱比，你已死过九回——
尽管如此，你仍然欠
和邓尉山中的梅花再比一次。

2018 年 3 月 3 日

初春读克尔恺郭尔入门

在你和小鹧鸪之间
那个距离很神圣。
它们深知这一点就好像它们赞同：
绝望是一种典型的鲁莽。
而你则希望人可以凭着
把神圣的事解释清楚，
你就可以缩短它。
仿佛只要走得足够近前，
让它们看清你的容颜，
你就可以用美好的信任
颠覆原始的恐惧。但恋爱中的
小鹧鸪却有不同的想法，
它们坚持那个距离
不能因你的执念而受到破坏。
你的自由始于你可以很好奇，
它们的自由则依赖于那个距离
必须永远保持原样。

被笼统地潜在地，不可更改地
归入天敌的行列，只不过
和宿命有点类似。但你不甘心，
你以为我们至少握着主动权
像握着上帝的尾巴。
你悄悄走下河堤，而它们惊飞于
它们的警觉如同一个面子，
只留给河边的克尔恺郭尔。

2018 年 3 月 5 日

惊蛰日入门

挨个数遍，炸响的，
仅凭回音就能兜底心扉的，
也没轮到早春的闷雷。
好故事曾这样婉转大地的真相：
靠耳朵醒来的众生中，
小小的昆虫最惊险——
它们软软的身子刚刚恢复蠕动，
就必须立刻听到我们为它们安排的
跳舞的霹雳。但实际上，它们的耳朵
连卡夫卡也解释不清。
平原尽头，浮云倒是愿意帮点忙；
连日来，浮云厚到细雨
一点也不绵绵；杨柳岸上

萌芽只恨东风太娇气，
都过三月三了，狗叫的声音
也没轮到月亮才是主谋。

2018 年 3 月 8 日

梅花亭入门

粉墙已砌在别处，

黛瓦隔壁一个料峭，

将盈风的芳瓣分布成

探梅人的小面具：

戴上它，你会获得

新的视野。早春的烟波

助你返回你身体里的江南；

西崦湖深厚一片碧浪；

一转身，青石向技痒开放，

几处摩崖别致东方的表达中

梅花最精通一枝独秀——

要么先于细雪，将可疑的闲情

浓淡在人生的险情中；

要么渊源一阵幽香，
将暧昧的宿命绽放成
此时此刻，他乡即故乡。

2018 年 3 月 15 日

梅花节入门

不知不觉光福的峰峦
已在你周围完成了一个怀抱——
依俗寻梅，浮动的暗香
勾兑一个完美的暗号；
原来苦寒的野心最精神——
以梅为心，不如以梅为妻，
独自盛开，将火热的冷艳贯穿到
你差一点就要领会忘我
究竟事关怎样的奥秘。
俯身一嗅，原来你是不是主人
要看它的蓓蕾像不像
一把美妙的钥匙。以梅为锁，
不如以梅为镜：照一照，
花中有人，人中有花，
一个怒放就能把你结合到
意志的姿态中。以梅为骨，
不如以梅为风：即使季节输给了

严酷的命运，在它面前
你依然是你一个人的春天。
黄昏多么窍门，以梅为眠，
不如以梅为醒：宇宙的影子
始终是它的武器，即使江南雪
偶尔会迟到，它依然会吐艳，
直到你学会新的呼吸。

——赠龚璇

2018 年 3 月 17 日

将时间比成镰刀的几种后果入门

无形的收割中，头颅
在苇茎上最爱出风头——
怎么左右，最后都会沦为
不是东西的东西；
而时光比摆动的镰刀更具体，
就好像突然之间，你中
有我比命运更具体。
每个回合都很暧昧，以至于
反光的刃，有时都懒得
将人性之恶一笔带过。
超出十岁，人的无辜看上去
更像是博物馆里的收藏品。
想辩驳的话，镰刀的声响
不一定都来自铁的意志。
更多的时候，触摸是盲目的，
并且很容易加速到
充满快感的撞击。你可以争辩说

至少美妙不仅仅是人生的
一种味道。因为最容易独立的，
就是美妙的身体；最不自由的，
也是这个身体。有何悲剧可言？
咔嚓之后，迎风倒下的，
很可能是一大片芦苇。或者，
借助距离产生美，树木的断茬上
长出的黑木耳，已包装好，
进入私人订制，被扔进
无形的传送带，正朝着你这边，
纠集着一场硬泡而来。

2018 年 3 月 19 日

非法捕捞入门

郊区的景致，春水出自
人造工程。解冻刚刚开始，
他已站在河道的中央；他的肚脐眼
大多数时候都露在水面之上。
他的装束看上去像清洁工，
他的动作看起来像在渔轮上打过短工；
他的表情和西北风吹过河面时
波浪的表情高度一致，他的劳动性质
要看你怎么解释河堤上竖着的
警示牌里的汉语。他甚至知道
太阳都不知道的一些秘密：
他知道河里的泥鳅是不是都死了，
他知道河里的鲫鱼是不是都死了。
如果不是你偶然上前搭讪，
他的秘密，就只剩下他兜网里的鱼虫

会谜一般出现在精美的鱼缸深处，

地址不详，主人的身份暧昧，

其他的，早已诡异在命运的晦暗中。

2018 年 4 月 1 日

银鸥入门

生命的技艺常常忽略
物种的差异，波及不同的
世界神话：悬崖上，将烈马勒住的人
也许从此会转而关注银鸥的
濒危状况；毕竟，它们体型偏大，
脊背上的深色如同鬃毛下的
极少被注意到的发暗的勒痕。
据鸟类爱好者观察，除了不得不
在城市垃圾堆旁，上演求偶的一幕外，
银鸥也很偏爱陡峭的隐喻；
它们甚至愿冒险在悬崖上产蛋——
那里，风大得如同命运之神弄丢了
从我们手中借走的一根绳子。
但最终，人的缺席不见得全是坏事：
悬空感也可提炼现实感，
银鸥的后代会将这种天性
鲜明地标注在橙红的鸟喙上——

如果你足够幸运，会看到它们
在春天的玉米田里将姬鼠的头
踩在粉红的脚蹼下，然后
用漂亮的尖嘴，宣告存在的代价。

————赠熊平

2017 年 6 月 25 日　2018 年 4 月 3 日修订

春夜入门

就像沿绝壁放下的
一架软梯，假如你突然想起
你还从未使用过春夜——
发狠是有过的，正如告别
掏空了人生的仪式，假设过
不止一种世界的真相。

更多的时候，连清醒的置身都算不上，
你顶多是独自面对过春夜——
就像面对一轮刚刚取代镰刀的弯月
将广大的黑暗刈倒在生命戏剧的尽头。
还有一种情形，你随时都可以推门而去，
但你其实很少走进过春夜。

翻出说明书一看，原来
你的面子，有一半是四月的月光给的。
找到窍门后，春夜的效果

不亚于你曾想拥有一面魔镜——
意思就是，灵光的闪现
依然取决于内心的高贵。

你的处境比人的现实更古老；
甚至连黑暗中不断靠近的野兽
也不能带来更多的气味。
甚至北风不断咬痛命运的筛子，
也只是表明，跌落的碎石
又击中了意识的旋涡。

2018 年 4 月 6 日

春泥入门

它低于争艳的风景，
低于梅花比桃花
更委婉一个精神的疗效；
它甚至低于蜜蜂
像春风中身着豹皮的小修理工；
它低于蝴蝶的空气分类学，
低于花枝的影子，
低于一个怜悯
已在我们的目光中丧失了
对恰当的把握。
当踏青的游人散去，
它低于凋零多于飘落，
低于只要涉及归宿
就会触碰到世界的底线；

它甚至低于你很少会意识到

你的鞋底正践踏在

一张越来越模糊的脸上。

2018 年 4 月 11 日

春雨入门

它下得很慢，慢得像
一个决心里有一根潮湿的拖布。

它下得就好像幽灵忘记了一个暗号。

它下得滴滴答答，
它下得四月的北方就如同
世界之钟里的一根指针；

它下得很轻，轻得就好像青烟
必须再次成为一个对象；

它下得很专注，以至于听上去
冷静的人生和麻雀的啁啾
仿佛有一层薄薄的关系。

它下得就好像时间从未承认有过

时间的化身。

它下得就好像生活是一场神秘的约会。

它下得很神圣，就好像雨的神圣
并非和人间喜剧毫无关系。

它下得很缥缈，但它也下出了
孤独的宇宙中的
一个安静的角落。

2018 年 4 月 13 日

夜宿尖山 * 入门

来自时间之手的涂抹，
来自命运之吻的混淆，
来自季节轮替之间沉淀的
纯粹的幽暗，夜晚的友谊
在我们中间仿佛已荒废了
不止五百年。原始的黑暗
将它吞噬后，大地的黑暗
又将它咀嚼一遍；自然的黑暗
接着舔它和恐龙的骨头
难以分辨的部分。再次将它
吐出之后，神的黑暗
变成我身上最暧昧的迟疑。
周围的人都睡着了，并不可怕；
可怕的是，周围的精灵
只顾在风景的黑暗中

---

* 尖山，位于四川自贡。

跳他们的欢乐之舞，
并把从脚踝上刚刚解开的锁链
悄悄熔化在历史的无知之中。
但是，如何面对即怎样镇静于
偏僻的天启。当你代替我，
看清夜晚的友谊也曾短暂
重叠于黑暗的友谊，
守夜人已在伟大的孤独中
得到了一个绝对的礼物。

2018 年 4 月 15 日

桃花观止入门

农团山幽深一个葱茏：
从盆地到丘陵，绕了一大圈，
原来半坡最贴切半生。
湖光碾磨细雨，潋滟你倾心
阳春的绽放近乎一次扭转，
令世界的悬念轻浮于
小蜜蜂的小殷勤。借十年灯一看，
原来全部的花事不过是
人生很侧面；如何陶醉
涉及如何较量。表面看去，
有很多来路都通向
灵魂的支点，但实际上，
阅历再丰富，我们所能经历的
也只是一个人的半生。
来早了，白云服软豆花

就会显得太孤立，甚至会
让粗糙的枝干与花蕾的娇艳失去
那个只有你才能把握到的对比。

2018 年 4 月 19 日

踏青归来入门

每一步，都能深浅一片花海；
紧接着，天真的妖艳起伏一阵红雨，
将你的孤独镶嵌在一个多情中。

假如现场缺少一对野鸭，
先知也不妨是一只白鹭。
真想较真的话，春风也能下酒。

如此艳丽，必然事关生死；
假如你愿意共识漂浮的
白云也能荡漾一个彻悟：

怒放的桃花就是一门课，
足以令你更唯美地卷入
从来就没有什么救世主。

2018 年 4 月 21 日

大觉寺归来入门

黄昏时分，一个废墟谦卑如
人生的空白还从来没有
在你面前如此安静过；

半山腰多娇一个自然的角度，
俯瞰交替远眺，乾坤的极限逃不过
有时，缓冲带在历史中藏得太深；

而人心一旦缥缈，自我难免会
投靠深奥；看上去，生动多于冲动，
但总差那么一点，才是灵魂出窍。

或者，地平线也不过是一道门槛；
借着山风，古老的遗风吹进来，
将巨人的悲伤过滤成沉浮太偏僻。

2018 年 4 月 25 日

卷 三

绿头鸭入门

方向没错，磁场的神经
也没失灵，只是早年的腹地
早已消失在人造的迷津中。
立夏刚过，但暮春的绿意
更像是它们的免死牌。
继续缩影的话，黑水的颜色
至少有一半来自北方的夜幕
正缓缓降临；没看错的话，
黑水的表面，另有三分之一
来自附近的制药厂
偷偷排放的、味道足以将忒弥斯
呛进同仁医院急诊室的废水。
剩下的三分之一，来自黑水
已将上帝的黑话漂白成
它总比死水要好看一点吧。

两只形影不离的野鸭，正用翅膀
拍打它们的繁殖期。除了这
郊区的小河，它们没有别的选择；
就好像貌似征服者，我本该有很多
自由的选择，但绕来绕去，
最终还是不得不选择回到
这河岸上的小路；闻着异味，
忍受着命运的诡异，但至少
在人生的印象中，我曾有过
与漂亮的绿头鸭短暂相伴的记忆。
或者至少，从它们浮游在
颜色越来越深的黑水之上
不时发出的叫喊里，我听懂了
另一种和你有关的语言。

2018 年 5 月 8 日

锦溪春夜入门

一点也不奇怪，新栽的绿化树
看上去全像安静的古木
躲过了不止一场浩劫。
湖水动荡，只为配合
几条白鱼刚刚游出
人生如梦。笔直地插入，
芦苇像吸管，纠正人的倾斜中
任何感叹都肤浅于
我们还不够及时。所以，
一点也不奇怪，这浑圆的皓月
不会因心境的不同而失去
它对明亮的许诺。在桥廊和石阶之间，
比偶然更巧合的，只要
一坐下来，用不着灵魂出窍，
脱胎的感觉已比换骨更刺激。
微醺递进微风；只要一滴，
大小已兜不住生与死。

所以，一点也不奇怪，杯子里
越是空无一物，我们越接近
人是人的出口。

　　　　——赠子厚

2018 年 5 月 10 日

黄酒入门

没想到轻轻碰撞
就能让叮当成就一个绝响
是不对的：来不及放下的，
就举得再高一点；一千个杯子
也盛不下它对人之树的浇灌；
没想到它这么好喝
是不对的，就好像脑海里
古老的浮力才是最好的记忆。
没想到在我们三人中间
它还能将传说中的醇厚
保持得这么本色而传递的
却是几样看不见的东西
是不对的。液体的石头，
它击中的靶心，已不可归入
存在之谜。从释放到宽容，
它的沉默将它的礼物透明到
在它的酝酿面前我们已无必要表白

我们曾多么无知。面对世界的晦暗，
它不参与我们判断多还是少。
淋漓的间歇，没想到
我们因它暴露的错误越多
它对我们的纠正就颜色越深
是不对的。自始至终，
它美妙如今晚我们目睹了
九百年前的一轮新月。

      ——记与清平郁文对饮曹酒*之夜。

2018 年 5 月 10 日

---

* 曹酒，出产于绍兴的一款新品黄酒。

凌霄花入门

僻静的土墙，风蚀的假山，
废弃的支架，很快就会在遮蔽中
感觉到来自那些藤蔓的
绵密的拥抱让它们获得了
新的身体性。积极于攀缘，
生机才会勃勃于我们的道德
应该以它的顽强为对象，
而不是相反。就如同归宿
偶尔也能美化一下万有引力，
相互依存始于那些碧青的叶子
像一件绿毯，将雨的冲刷
减弱为滴漏很晶莹。轮到它出场
来鉴别本地的空气质量
是否和举过火把的艾青沾边时，

不以形状取胜，怎么对得起
小喇叭像颜色鲜艳的红鼻子，
一直嗅到虚无不好意思为止。

2018 年 5 月 29 日 金华

畅岩山入门

想象的黑暗在黑暗的想象中
纵容了血的绝对；危险的，
不是世界是世界性的丑闻，
而是世界甚至已很难堕落成
一个借口；以青春的敌人为引信，
炸药取自白日梦里
依然竖着苍白的中指；
轰响之后，翻卷的浮尘
反而装饰了现实的消失；
特写镜头中坍塌并未改变触摸感，
人性的喧嚣越来越毗邻
假如有人牵来一头白象
你的抚摸未必就比传说中的
那几个盲人的摸索更出色。
有点尴尬，但你的机遇
依然忠于你的折扣——
宁静依然离我们很近，

近到空气就像一口井，
将你慢慢抱进一个比天堂
还要完美的稀释之中；
一个遥远就这样因你而完成了。

2018 年 5 月 31 日

蜀葵入门

心形叶宽厚得可用来解释
兔子为什么会不吃窝边草，
憨直的茎秆则如你小时候
在收割后的麦地里练习过
童年的标枪；擦去汗珠的同时，
蒴果黑亮犹如好花的种子
天生就知道如何在大地的黑暗中
找到黑暗的安慰，而不是
一味把生命的渴念简单甩给
道德的专断。偏爱阳光的注射，
紫红的花瓣妖娆于有一个凡·高
还活在他画过的向日葵里；
大约有二十年的光景，它一直
以秫秸花的大名赢得了
野孩子的初心。它能从早春二月
开到老虎的秋天，花期漫长得
就好像命运的轻浮中只有它

才能及时止住体内的毒火。
至于观赏性，一旦你睁开的双眼
不止于只是从人生如梦中醒来；
它的怒放会把你列入它的秘密疗效，
就像《花镜》里记载过的那样。

2018 年 6 月 3 日

平南八音入门

时而激越，澎湃你
刚刚在浔江的夜色中
横渡过生死。纹鳝鲜美，
将一个压惊红烧在它的细嫩中；
有回味，才有继续的可能。
如此，唯有垂钓者的猎获
比万物的本源更捷径。
时而悠扬，三支唢呐嘹亮你
仿佛在峥嵘的大鹏山中
刚刚刷新过天人合一；
每一只飞鸟，都解决过一个烦恼。
每一片竹影，都轻盈过一个深渊。
时而淋漓，一对铜镲铿锵你
在蔚蓝的背景中眺看过
大西山的灵性。白云下，

一旦唯心，渺小替浩渺节约过
多少已浪费掉的时间啊——
没错，有一扇门就这样
在扁鼓的敲击里缓缓打开了。

2018 年 6 月 7 日

印心亭入门

浔郁平原的深处，
炎热嶙峋一个造访——
回头路上，小小莲花池
深浅一个岭南的优美；
倒影里，铁青色岩石胜过
一群巨狮，遇仙听上去像欲仙；
心先于风动，滴水洞里
才会有一头湿润的犀牛
像理想的听众；它会默默记下
你说过的每一句话，假如你
确实讲过：私欲太耽误
宇宙的对称，太不懂必须
给世界的影子一个面子。
不光是驴，其实厚厚的牛唇

也对不上漂亮的马嘴。

说到底，顺应事物的本性的

最大的好处是：俯瞰即眺望。

2018 年 6 月 9 日

江心岛入门

展翅之后,白鹭邀我们入伙;
它们的鸣叫像白色的炸弹,
在我们头顶,将人生的黑暗
粉碎成回音的碎片。
另一项任务更具有挑战性:
无视命运和风景之间巨大的裂痕,
展翅的白鹭在低空中
为你准备好了会唱歌的雪白,
它们甚至还准备好了
美丽的蝴蝶也无法想象的,
仿佛只有纯洁的肉身才能体会到的
另一种轻盈:涉及人的形象,
也涉及非人的面目对你我的
悄悄的总结。更体贴的,
怎么散步,都像是再也不会
浪费时间和宇宙兜圈子了。
平缓的水势不只是令记忆开阔;

激流已涌进血脉，假如前身
足以清晰一个友谊，就不必过虑
旋涡是否还埋伏在心潮中。
自然的见证才是关键所在，
就好像倒影只翻译水月的一半，
以便你酝酿突然的觉悟，
令虚无摸不透我们的沉默。

2018 年 6 月 17 日 毕节

天坑入门

将你带到它面前的
那种惯性，还不足以称之为
命运的安排。迷人之处，
带着巨大到足以媲美迷宫透气孔的
一个深坑，它将自己的秘密
缓慢嵌入高原的孤独；
或者根据形状，将碧绿的峭壁凹陷成
一个圆，以便面对生活的陷阱时
我们能有另外的选择，
只是它揭露它自身的假象过程中
顺带用到的一个借口。
死亡并不真实；真实的，
不过是我们对自然还有
一个很深的想法：比如，

我们的风景，是我们的代价。
抑或更唯美，我们的风景
早已曲折于我们的代价。

　　　　——赠周瑟瑟

2018 年 6 月 21 日 成都

雨花石入门

人生的奇遇仿佛始于
你绝不会对它无动于衷——
第一块得自高座寺旧址，
青春之歌中有一只手
握着它的秘密，将信物的分量
递向你的掌心。玉润的感觉
犹如一场无形的锤炼，
诱使你在飘忽的雨花中
顺着它细致的纹理美
领教男人的品性中尚未定型的另一面；
如果你缺乏神秘于意志的蛮力，
它看上去便像晶莹的玩物；
如果你的热爱源于生命的天真，
它就会把开花的玛瑙凝聚成
永恒的瞬间，伴随在你身边，

构成一道小小的石英警戒线，
并将孕育它的宇宙的力量
悄悄释放在你的偏爱中。

——赠孔繁勋

2018 年 7 月 27 日

龙泉寺入门

安静下来，心灵才构成
最大的回报。放生池清澈
一个见底的虔诚。再往前，
花影的弹性甚至比时光更荏苒
一个精神的亮点。普渡桥头，
烟雨啼绿，将军山偏僻你
在幽静的峡谷中感叹
人世的尘埃至少有一半
可以用清泉洗去；另一半
最好作为小小的悬念，
保留在下一次你依然会
大汗淋漓。说起来，一个人
想要涤尽他身上的全部尘埃
纯属过于现实；更负责的态度是，
只将他身上的尘埃洗去一半。
如此，断臂崖沧桑野菊
怎么看，都比人性快了半拍，

才更合乎万籁的本意。
据说，战火也曾令此处
嶙峋的巨石焦黑；而千年后，
灵狼洞外，不管你有没有
准备好一个圆融，山雀的鸣叫
都将洞穿望云亭的原始动机。

2018 年 7 月 28 日

梅岗入门

天香浮动已然很效果，
但寒香比暗香更氛围——
就像一次注射，针对记忆的同时，
也针对从你身上能扩散出
多少春天的面积。怎么看，
寻访梅花都比寻找自我
更入戏，更委婉于
我们的确可以更直接地面对
我们曾拥有最美的化身。
感谢宇宙中有这么多好处
突然轮到你来把握它们
是否正显现在正确的地点。
说起来，和自然接头，
梅岗就很现场。小径的尽头，
细雪的映衬下，小面具涂着
鲜嫩的花色，静候知音的到来。

如果你确定你已非常接近，

我刚刚混迹在人流中

就没有白白浪费掉一次虚心。

——赠沙克

2018 年 7 月 29 日

甘露井入门

天降花雨的时候，它听到
密集的石头将一个大感动
狠狠砸进草木的根系。
受伤的汁液渗向大地的黑暗，
只有更耐心的饮者
才能凭借冷静的源头
区分出它的清冽和酒的醇厚
可在生命的造型中混合成
怎样的回味。假如甘甜更真实，
人生的痛苦就是一阵幻觉；
假如痛苦更羁绊，甘甜就更悬念。
这一次，你离它的镜子更近，
以至于镜像幽深，你仿佛听见有人

对李白说：假如纯粹于起舞，
再次畅饮它的泉水后，我们和仙鹤的区别
会消失得像一场飞雪。

——赠雁西

2018 年 7 月 31 日

沁源圣寿寺入门

滚滚红尘仿佛已在蜿蜒的山路上
耗尽了人生的颠簸；险峻的峡谷
幽深一个缘分：浓密的绿荫下，
一个静寂就可将世界的苦难打回原形。
我可以不姓李，可以晚生一千年，
但假如我依然是那个需从浴火中
走出来的对象，我就必须抵达喜雨亭之前
将我的原型修复在起伏的松涛中。
但愿我的见证对得起绵山深处，
一次倾听就可将生命的两难
掷向白云悠悠。如果还需要旁白，
山鸟的无知，仿佛可用来检讨
野花的鼻子能否准确地嗅出
你中有我正慢慢溢出宇宙的花蕊。

如果必须用告别来表示礼貌，

一次偶然的造访即便行色匆匆，

也能深奥一个自然的感恩。

　　　　——赠金所军

2018 年 8 月 1 日

灵空山油松王入门

始终迎着风，挺拔助长了
它的脾气好大。怎么低调，
雄伟的身姿都像是
出自一种乐趣。它楷模于
自然中的确有自然的骄傲，
和我们在人的形象中
死扣谦逊的做法截然不同。
距离产生美，但前提是
先把淋漓的大汗擦干净。
都说它像擎天的旗帜，
但依我看，围绕着它的风景
不过是一种假象。特别是在山顶，
拥有绝对的高度，不啻和命运摊牌。
它好像从未担心过它的丰美
已将它周围的密林降低成
一种陪衬；但我们知道，
它的历史记忆中的确存有

一片阴影：毕竟为了修铁路，
很多同龄的红皮松兄弟
都被砍伐做成了该死的枕木。
时过境迁，它的好日子
如今已被三晋第一松巩固为
世界上最大的油松。就观摩而言，
它的喜光性的确可以引申为
对光明的渴望成就了它自身的高度。
此外，你向青天提出的问题
仿佛都已被它粗硬的针叶加工成了
比时间的答案更深的绿意。

——赠苏历铭

2018 年 8 月 3 日

沁河入门

蓝天低得像第二现场；
闪过心底的念头
无不和你依然渴望
称它为活水有关。

河床上，河水的奔腾
其实更像溪水的流淌；
假如确不曾像想象中的那么泱泱，
那是它知道你不会误解

它的动静。你不会看不出
弯弯的河道中，曝露的石头
像一堆幸福的骨头
陈列着迹象即启示。

说到紧迫性，越接近源头，
荒凉越像洗礼。艳阳下，
油绿的玉米如同高高举起的
正准备否决转基因的手。

很多角落都让我想到希腊的景致。
比如，河滩上放养的鸡
令我突然想起苏格拉底被迫喝下毒酒时
用冷静的嘱咐抵达的戏剧性：

面对诀别，他说他只欠

阿斯克勒庇俄斯[*]一只鸡；
而我有更激进的想法，只要到过沁河，
人世的债务均可一笔勾销。

——赠李浩

2018 年 8 月 5 日

---

* 阿斯克勒庇俄斯（Asclepius）是古希腊神话中的医神，传说为太阳神阿波罗（Apollo）和塞萨利公主科洛尼斯（Coronis）之子，一说是阿波罗和克吕墨涅之子。——编者注

山丹丹入门，或人在花坡

用惯了幌子，漂亮的因果论
试图从它身上找到一个突破口：
高原上的燥土有多黄，
它就有多朱红；但假如自然的
本性更接近一个细节——
它的绽放无异于对我们
把报应作为正义的捷径的
那种情形说不。它更愿客观于
世界的妖娆其实是有分寸的。
长卵形鳞茎，发达的蜜腺，
六片花被将吉祥的数字
重温在野生的榜样中；
甚至它有意下垂的花朵
也是为了更好地掩护小蜜蜂
专注于采集它的花粉。
说到遭遇，只有在动身寻找
源头的力量时，你才能体会到

它为什么要开得如此性感。

作为一种诱惑，它站在源头一边，

作为一种美丽，它站在孤独一边，

作为一种启示，它站在化身一边，

作为一种真容，它站在自我一边，

作为一种陪伴，它站在像你这样的人

已没机会错过你的前世一边。

越是走近它，越会感受到

一种陌生的相认，甚至我们经验到的

每一个生命的幻觉都是有深意的：

比如，你想活动一下手脚的话，

它的舞台也是我们的舞台。

2018 年 8 月 7 日

灵空山入门

龙的故乡，但舍身崖更陡峭
你不妨再次尝试一下变形记。
这里具备仙境不是陷阱的所有条件，
为了方便可能的跨越，它甚至真的
为我们在峭壁上搭了一座仙桥。
过度的遮掩已失去理由，
弦外之音居然来自松涛阵阵，
但真想放松的话，一切暗示
都不如你早已在内心中放下了
对付历史之恶的所有窍门。
青翠满眼，参天的古松生动
最风光的景致居然在龙脊上。
鬼斧的痕迹难免刻意，还是飘浮的
雾霭暴露了更多时间的软肋。
红腹锦鸡闪过时，鹤立就很姿态，
即便你我已习惯于对着面具
声称我们更愿意是普通人。

此处，把灵魂交给空旷的
可预见的最大的后果，也不过就是
我们已没必要肤浅到否认
我们的脊背上曾长出过羽毛。
生命的感觉是相通的，所以听到
丹顶鹤的声音，夕阳也会加入飞翔。

——赠谷禾

2018 年 8 月 9 日

龙船花入门

为了加深你对南方的烈日
应有的印象，它将茜草科植物的花色
丰富到天使也想偷看一本禁书；
甚至因为艳丽居然能密集到
不再是一种代价，魔鬼也在琢磨
它的根茎可能会对胃痛
有特殊的疗效。它要求照射
它的阳光必须充足到
它已答应将它的名字
从水绣球改成仙丹花。
它保持株形美观的秘诀是
它能更道德地看待杂交现象；
如此，花叶的相互映衬
在它身上完美得好像
只要有人在你耳边大喊一声
请用睁大的眼睛重新呼吸一下
这个世界吧，死去的亲人也能猜到

你再次找回自我的同时
一只蝴蝶正从容地飞落在
你晒黑的手背上。细看的话，
它的四片花瓣恰好完成了
一个精巧的小十字，所以
绳索砍断时，要么是待嫁的新娘
端坐在逐浪的花床中央，
要么是混杂在艾草和菖蒲之间，
它的驱魔术已死死咬住颠晃的船头。

——赠向卫国

2018 年 8 月 8 日

梵净山入门

峻岭的乐趣。自由的呼吸
急促我们在如雨的汗流中终于把握到
只有把面具扔进万丈深渊
才能减轻的那种重量。

在牛粪和蝴蝶之间,
青青野草犀利于我们试图
用多舛的命运来模糊人性的弱点时
有东西就像蚂蚁一样。

角度不同,悠悠才更恰当于
白云像一次纯洁的提拔。山路上,
阵雨密集一个洗礼;我们仿佛都还有机会
不辜负我们依然是生命的对象。

接近顶峰时,夏季的山风

猛烈如世界已不再低落于

你我偶尔也会弄错万物的影子。

又一次，最好的时光是由盘旋的鹰隼调慢的。

——赠李寂荡

2018 年 8 月 13 日

飞蛾入门

起先，听上去很像是
有人在捣鬼，将夏日枝条上
未成熟的小果子投掷在
仿佛刚刚安装上去的玻璃上。
玻璃的后面，你的自选动作
仿佛也刚刚开始和生命的掘进有关；
只是你挥舞的镐头已列入隐形史的最高机密，
外人很难觉察。唯一的迹象
就是透过玻璃，时间的洞穴深处，
光明如同从词语的缝隙涌出的
带着冰凉的岩石体温的渗水。
而它们的动静似乎也和使用
很容易模糊在血肉中的某种工具有关；
只要稍微有点冷漠，它们听起来就会淹没在
无意义的敲打之中。但那一刻
终会到来，它们的固执
暴露了光明的另一面。凭借飞蛾的本性，

它们试图冲进光明的本质，
把它们身上的黑暗记忆彻底熔化在
火的决定中。假如把夏夜的寂静
比作一个特制的扩音器，
除了以自身的死亡冲撞光明的意义，
你不可能找到其他的字眼
来描述它们的起源。由于撞击
只可能因意外而终止，它们制作了
它们不怕麻烦死亡的节目单——
就好像我们小瞧过它们的意志，
或者就好像它们已不计较
我们从来就没看懂过
它们把死亡和光明紧密联系在一起时
表现出来的那种惊人的努力。

2018 年 8 月 14 日

宝古图沙漠入门

尚未抵达，还没从眼窝里
揉出亲爱的异物时，
传说中的，随处可见
骆驼骸骨的，作为危机
传来递去的，沙漠是人类的阴影，
是仅次于地狱的负面消息；
从边陲开始扩散，直到
你的心跳缩影为警钟的回音。
任何时候，都适合远眺；
但其实，只有巨大的风景
才会脱下如此巨大的面具——
刚刚吞噬过水草
丰美的绿洲，但痕迹却只剩下
荒凉对苍凉的占有欲。
威胁时刻都在，而危险
却如此依赖个人的判断，
就好像你已错过只身深入到

它的腹地的最佳年龄。

看上去有点像末日之战

突然僵硬在永恒之美的斡旋中；

否则落日怎么会妖冶得

就如同奇迹，绝不可能再有

其他的烙印。一旦抵达，

哪怕半小时的解脱

仍不足以蒸发苦闷的象征，

人还是会乐于输给肉体的俘虏；

一次有效的抵达，意味着

沙丘的起伏已无关风云变化。

相对于我们已准备好的雀跃，

这无边的瀚海，更像是

没有后台的舞台；轮番出场时，

死亡摸过时间的底牌，

时间也以同样的手劲

摸过你我的底牌。再回到

世界的阴影如何用于
绝对的启示，心灵的纯粹
在干燥到如此干净的沙漠面前
仿佛遇到了我们在别的地方
不可能遇到的一个谜底。

2018 年 8 月 27 日

扎鲁特之夏，或山地草原入门

充足的雨水在你抵达之前
已将所有悬念冲刷得干干净净。
它不会令你失望，就好像出没的马鹿
不仅记得它的前世，也知道
你的腰间没别着管制刀具。
它的偏远，相对于它的美丽，
不过是一种假象。一路向北，
旅途中不断积累的疲倦
在它可爱的豆科植物面前，
更是连小小的代价都算不上。
凡可在北方夏季领略到的美景，
它都已提前布局；甚至你想
将心灵之战的突破口换一个地方，
它也准备好了它的起伏和辽阔。
甚至生活的另一个起点
以及人生的终点，假如你愿意
像兰波那样渴望在陌生的风中

再次明确每个人在本质上
都是一个他者的话，它也准备好了
风水宝地，以及醒目的土特产。
野韭菜就很提神，胡枝子的紫红花
看上去简直比诱饵还诱饵，
邀请你咀嚼你身上的野人——
假如你拒绝，到了子夜，
璀璨的星空会携手原始的寂静，
闯入你的梦境，把你从蒙古包里
揪出来，把你打回生命的原型，
直到你的深呼吸重新汇入
一亿年前本地的动静。

2018 年 8 月 29 日

双合尔山入门

渐渐恢复的草原湿地
衬托你至少在私人情感里
拥有看待它的五个角度：
远远望去，天下第一敖包的美名
令它的形状刚好吻合于
科尔沁的乳房；白云飘过，
涉及神圣时，归宿感
将游牧的精魂猛烈召集在
离长生天最近的地方。
敖包节刚刚举办过，相亲的
味道依然飘浮在烤过
全羊的空气中；如果仰面躺下，
奶皮子的回味会把你直接
扭送到五百年前的七夕夜。
另一个对比由围绕它的象征展开的
地势的平阔与突兀的崛起构成。
你不可能视而不见，正如独自

登上山顶，目睹美妙的余晖

将你的身影安静地投映到白塔的

基座上时，你不可能无动于衷一样。

你的孤独在那一刻被放大了

一百万倍，而与此同时，

你的渺小也被浓缩了一千万倍。

明明是过客，但令背脊湿透的

却是朝山者的汗水。上山之前，

演练分身术涉及如何对付

尘世的喧嚣；下山之后，

将前生和后世愈合在

不服老的天真中已变成

头等大事。追溯到起源神话，

恶灵以为只要变身为野兔，

便可逃过正义的法眼；

而腾空的猎鹰，利爪滴着血，

迫使恶魔的原形再次露出狰狞；

搏斗结束后，猎鹰降落的地方
慢慢形成一座高耸的山丘。
如此，临别时回望它的风姿，
你突然有欲飞的冲动，也在情理之中。

2018 年 8 月 31 日

大青沟入门

在它周边，沙漠如同死亡
已开始厌倦时间的坟墓；
任何阴影，都会勾起饥渴的
沙漠对流水的冲动。
尤其在春秋，漫天的黄沙
会频频发起足以媲美
孔雀开屏的强大攻势，
试图将千百年来早已习惯
依偎在它怀中的阔叶林
一次性搂进泥炭的幻觉史。
为了在黄菠萝和蒙古栎之间
跳来蹦去的花栗鼠，为了黄羊
机警地一跃，它不得不向下，
朝着大地的仁慈，将自己的胸膛
挖开一道深深的印记；
造访有点偶然，但并不妨碍
这自然的造化向你敞开的是

另外一座时间的洞穴：
越深入，熟悉的草木越会发出
另外的气息；一旦感叹，
人生如梦骗不过它的寂静，
世界的虚无也瞒不过它的自在。

——赠马端刚

2018 年 9 月 1 日

小偷家族入门

电影已开演，你迟到了五分钟。
检票口突然清静得像
自我惩罚即将施行前的
一点点冷场。如果进去，
和其他的观众一样，你不过是
错过了故事的开头；
精彩的东西，往往闹到最后，
才会和盘托出。但十年来
你已养成特殊的癖好——
只要看电影，哪怕迟到半分钟，
你也不会像假装忘带手表似的，
快步从检票口溜过去。
错过了开头，就必须重新买票——
你的原则顽固得像辩证法
已经在细雨中失灵。
涉及人生的悬念，少看五分钟
和少看半小时，区别不大；

但就损失而言，错过了开头，
就错过了神秘的弥补；
更严重的，它甚至意味着
你放纵自己的无知偷走了
本该属于时间的礼物。
更暧昧的，你和大多数人一样，
还没意识到你事实上偷走了
属于你的完整的生活。

2018 年 9 月 3 日

奈曼沙漠入门

半是遗迹，半是风景，
和它有关的真相
只有一个：无论发生什么，
它都不会拿真相吓唬你。
领略它的角度也许和时间有关，
但它不会让时间的力量
误导你的现场发掘。
你真的清楚人的意识
和小铁铲之间的亲缘关系吗？
多么可贵，它甚至不会
把自己伪装成一个尽头
来满足人生观里有一个虚荣心。
它只负责陈列一个事实：
漫长的堆积之后，
它把自己彻底摊开，听任沙丘
在原始的寂静中起伏
一次突然的朝圣。而它的圣迹

甚至还很不标准，可辨识的部分只有
每一粒沙子都是它的觉悟；
其次才是每一粒沙子
都是一个完整的世界。
有点迟疑，但它可以证明：
在我们的变形记里，最好听的
音乐就是，经过大地的摩擦，
孤独的足印里，你的脚步声
越来越陌生，越来越微弱。

2018 年 9 月 7 日

卷 四

过火面积入门

干燥的季节。灾难性是灾难的
一种裂缝;深奥的治愈中
仿佛同样的裂缝也可用来
弥补天真的原罪。稍一惊心,
人性尽管复杂,却没法比。
承德时间,旋风脱胎于
春风已被滥用;燎地的星火
也撩拨死神私藏的种子。
燃烧的森林,如同一个假象;
更暧昧的损失,新闻里
只能提到:明火已基本扑灭。

2017 年 4 月 30 日

地铁里的乞丐入门

这故事必须真实得像

你还在乘坐地铁十号线，并且

在无数次抵达终点后，你依然没能

走出那节普通车厢；否则

语言的电流就无法穿透

意义的神经。从外地归来，青岛

或杭州，缓解人生疲倦的

最好方式，莫过于站在拥挤的

地铁车厢里，感受着无名的摇晃中

牺牲那微妙的新意，以及平行的

另一次运载中：就要被屠宰的牲畜们

在我们和它们的目光交会的那一刻

仿佛已将世界的遗嘱传递出来；

至于更深层的原因，解释了

也没人能听懂。这时，就如同为了

避免冷场似的，他出现在

车厢的另一头，脖子上挂着录放机，

事先录制好的哀婉歌曲，

沿着看不见的下水管

机械地，迟缓地，向外流淌而出。

在他未出场之前，混迹在人群中，

你最多不过是一位乘客同志。

但他出场后，你的角色陡然开始翻倍；

除了乘客，你还是一位潜在的施舍者。

假如你的动作稍有闪失，比如，

没能及时进入那施舍者的角色，

你，很有可能会因人性的微妙

而成为冷漠的人。从身边擦肩而过，

你注意到他的年纪，40多岁，

四肢健全，左眼只不过比右眼

多了一个不起眼的不规则的三角形，

视力应该没有问题。因为裤兜里的零钱

实在拿不出手，而钱包又放在

旅行箱里；这不错的借口

一下子又把你塑造成了
伟大的心安理得者。当然，
你可以弯下身，去触动旅行箱上的
环形拉链。但是，金钱的计算者
会紧接着将你死死缠住：
多少钱，才能让彼此都不会尴尬？
或者，在乞讨和施舍面前，
你必须拥有怎样的思想
才能摆脱思想的尴尬？另一刻，
你很可能并没意识到你已侵入
乞丐的隐私权。你有点好奇——
究竟是多少金钱的匮乏
让一个人变成人流中的乞丐。
他的背影消失得很快，那嘈杂的
大音量播放的乞讨音乐
依然在车厢里回旋，对你的疲倦
构成持续的轰炸；而下一步，

人生的对比，会让你立刻变成

道德的暧昧的反省者。如果你不收手，

心灵的侦探还会给你戴上

一副面具，因为从背后看去，

他在我们的生命原型中

放下的东西实在太多了，

而你几乎什么都没有放下过。

2017 年 4 月 27 日

金牛座生日入门

美好的天气。四月的黛绿

为西山分出新的层次；

很有可能，天堂和地狱

分别只是各自的台阶。

每个巅峰，备用时，时间最有面子。

放眼望去，人生的稀薄

仿佛也很及时；不仅浮云

没有对立物，所有的鸟鸣

听起来都像回声中的回音。

纯粹的召唤，要么人

从未来就不是你的问题；要么你，

从未来就不属于人的问题。

紫鸢尾颤抖时，阴影的对面，

不仅仅是蝴蝶也没有对立者。

点睛之处，风，悄悄吞噬
命运的风度；一切障碍中，
看上去，生日快乐依然最苗头。

2017 年 4 月 25 日

人在回山，或安顶山入门

四月的山坡上，齐腰深的茶树
沿葱绿的山势，巩固着
大地的道德。透绿的萌芽之上，
黑蝴蝶成双翻飞，犹如天堂的饵料，
反弹在淡淡的茶香中；
好多激烈，如同反光的细节
一旦并入原型，其实就那么几个。
不身临其境，安静的馈赠
就得不到安静的解释。
日照之下，茶农伸出的糙手，
沾满了命运的汁液；就好像
纯天然，其实是纯粹的线索
在我们身上究竟发挥了多少效果。
人的劳作，最终只能凭借安静
赢得更大的友谊。有一刻，
犹如归途，向上的山路
似乎比向下的，更原始——

就是这古老的悬念激励我
在这看似平凡的攀登中
始终保持着大汗淋漓。
有何偏僻可言，一切无非是崎岖中
脚心还有没有可能完胜花心。
譬如，坐在山顶的岩石上，
时间的秘密已灵魂出窍。

2017 年 4 月 18 日

北京泡桐入门

半米以下，二月兰比它娇嫩；
微光点燃花影，但慢慢燃烧的东西
其实并不那么容易辨认。

一米以下，鸢尾比它妖娆；
幽蓝的召唤，如果我不曾凭借我们的牺牲，
你如何能埋伏在这样的盛开之中。

两米以下，连翘比它更善于触及
感官的秘密。艳黄的手势，
横竖都是我们落后于你曾非常自然。

三米以下，海棠随便一个转身，
它都会显得笨拙。位于小巷的出口处，
迟钝的原因中，喧嚣和尾气仿佛都不是杀手。

四米以下，它不是樱花的对手。

它不缺少花团，也不缺乏锦簇，
它缺少的是，我们必须给它一个绝对的理由。

五米以下，即便春雨有点脾气，
山桃花的优势也比它醒目，
就好像它的高大，反而反衬了我们的失败。

六米以下，玉兰的花心比它端庄，
哪怕看上去懒洋洋的，花瓣也应是刀片；
除非人类的麻木，掩盖的已不是我们的伤口。

2017 年 4 月 11 日

童年剪影入门

八岁小男孩，在他旁边
宇宙的智慧已注满了
一个封闭的试管；因为好动，
随时都可能会溢出，因为时事诡异，
又脆弱到空气比我们还害怕
我们的透明。在里面
荡漾独立于人生的秘密，但是
凡参与荡漾的，生命的喜悦
又自有出口。比如，
通过男孩张开的嘴型——
我们听到的反驳竟然是：
妈妈，你怎么还让我干这种事。
你知不知道，要是在动物世界，
像我这样大的年龄，
都可以自由交配了。

2017 年 4 月 7 日

重读爱默生入门

哪怕只是一小部分，皱巴巴的
温床重叠于安静的摇篮——
更多的真相已被压扁，
而把我们放上去的力量
比夜晚的黑暗更深邃，
但凭着仅存慧血，你知道
夜晚尽力了：将我们裹紧在
无形的洞穴，又用人生的孤独
将我们完美覆盖得好像我们
正处于整座星空的底部。
轻轻地摇晃，就好像爱与死
又从我们身上无痕地削下
一块鲜艳的薄皮。仔细看，
它甚至带着黎明的微微战栗。
神秘的幸福不可能与你无关——
因为可用这虚构的人皮

来包装一番的，已悄悄塞入
你手中的，命运的礼物
只是看上去，还尚未诞生。

2017 年 4 月 3 日

愚人节早餐入门

我的睡眠之花开在
木星的另一侧，只有喜鹊的叫声
能够得着那些透明的花瓣。
我想和喜鹊交换彼此的角色，
但世界的羞耻提醒我，
这样做，对喜鹊并不公平。
或者，更合理的解释是
我的睡眠之花也曾伸展到
土星迷人的腰眼处。
巨大的旋转，有东西被磨得
比粉末还细，但生命之液
并未流出。我和我的睡眠
隔着卷刃的死亡之舌。
或者，我的睡眠和我的真身
隔着不止一个百年孤独。
该死的嗅觉。一个男人
深爱他的妻子，但爱

竟然不负责回报，爱理应是
爱品尝的对象。崩溃于迷宫
好玩得竟然可以不需要
任何事实。神秘的营养
来自何处？我吃掉我的睡眠，
就好像此前我从未想到
人的睡眠，有可能只是神的
一份秘密早餐。我咽下
一大口喜鹊的叫声，它畅快得
就好像它比麻雀的啁啾
在这四月最初的黎明旋律中
提前了整整一个小时。

2017 年 4 月 2 日

绚烂入门

来自连翘的，仿佛可以稀释
最深的绝望。丛生的花序
紧贴躁动的大地，殷勤推送
艳黄的心声。小喇叭开始广播了，
前提是此时的无声犹如
一个突然朝你张开的拥抱。
来自樱花的，仅仅持续三日。
凡错过的，弥补也会显得神秘；
前提是凡随懊悔而高蹈的，
必败于虚无的离奇。
来自碧桃的，通俗于
生活是生活脱下的衣服。
只要是从你手中递过来的，
不用试，就很合身。
来自海棠的，粉中透白，

怎么观摩，都比锦绣还纯粹——
醒目如我们从不知道
我们从前有一个绰号叫盲人。

2017 年 3 月 31 日

春天的杀戮入门

返青的草地缓缓转动
一个古老的舞台，刚刚飘落的樱花
已进入角色，令死神吃惊的角色
也不曾有过这样的快速。
夕光的手指轻轻按住红叶李的花蕾，
练习如何尽快恢复弹性；
你甚至能感到，枯草的瘦骨头
又开始了新一轮的发痒；
元宝槭的绿意依然迟钝，
但就在旁边，西府海棠的绚烂
足以点缀好几个宇宙的深意。
单飞的喜鹊绝少见到。
比着来，映入眼帘的鹩哥
甚至比成对的喜鹊还喜欢成双。
雌性的，要胆小一点；
就警觉而言，你向前的任何一步
都跨越了一个界限，即使是

出于天真的好奇，也谈不上友好。
雄性的，看上去要大胆些，
但大胆的原因似乎是一条蚯蚓
已被它尖尖的短喙圈定为
今晚的美食。我为我无名的伤感
多少感到些歉意，因为距离盛开的鲜花
如此之近的杀戮，我以前
还从未在春天的舞台上看到过。
我仿佛也进入了一个陌生的角色——
我的同情已不限于我不只是
感到了那条蚯蚓的疼痛，
而我的羞耻则暧昧得有点像
我为我的饥饿已进化到
全然不同于那只鹩哥的饥饿
而感到了莫名的悲哀。
还好。我仍有告别的能力，

我仍可以在更深的暮色迈出

我的脚步，就好像任何悲哀

终究不过是一片飘落的花瓣。

2017 年 3 月 30 日

生命诗学入门

一对一较量。唯有时间
仿佛可由你自己决定，
甚至罗网都帮不上什么忙。
你，以我们全体为网，
沿难以察觉的，只有把东西放上去
才会突然显露的触感如
斧刃的网眼，开始向下过滤
一个从未登记过的你；
很快，新的激荡就在无人的角落
渗透出一个非凡的体魄。
另一方，对手也没闲着；
敏感到挑战不同以往，
一首诗开始用风格之蛇
向脱胎学行贿，快速溜出
语言的雷区，翻越人性的偏见，
向这边靠拢过来。接着，
来自大熊星的天光

直接射向返青的舞台；
密布的血丝凸起那古老的
指令，紧凑即神秘的体谅；
没有多余的动作，你用力
打开一首诗，并放任接纳你的，
有可能是一个魔鬼天使；
与此同时，一首诗也在它自己
刚刚被打开的身体中
将唯一的你，无情地打开了。

2017 年 3 月 28 日

加利福尼亚的棕榈入门

它们的挺拔让我想到
一个词，正从卷起的舌尖跳下，
狠狠撞向牙齿的白悬崖。
乌鸫提着黑黑的小漆桶，
插曲般，穿越红松的背影。
天空碧蓝得就好像碧蓝
是躺上去的。稍一感叹，
宁静和人生便互为对象，
将你排挤到微妙的对称之外。
要么就是它们的挺拔
是它们唯一的眼睛。事情
好像也可以这样，它们见证
我们见证它们的挺拔是

我们和自然之间最新的仲裁者。

要么就是它们的挺拔是

我们用于另一种飞翔的燃料。

——For Tony Barnstone

2017 年 3 月 25 日 Whittier

太平洋东岸入门

美国时间。一眼望去，
仅有两种现实可供继续摸牌，
要么现实是街景中的风景，
要么现实是风景中的街景。
唯一的矛盾，你说的
也是人的语言，但耳朵
却怎么也翻不出做客于现实
究竟是什么意思。真要追究的话，
主人的错主人并不知道
正如迷宫的错宇宙也不知道。
兑换率舔着好天气的
漂亮下巴。金钱也准备了
各种尺寸的口袋。远处，
太平洋的声音像一群鲨鱼
中了彩票。俯身一嗅，
至少有一种百合的出身
可溯源至尼罗河畔

最高贵的花瓣。盘旋在
脑海中的，未必都是
只和濒危动物有关的假设。
猛一回头，居然有酒吧的名字
恰巧也叫在鹰的翅膀上。

2017 年 3 月 22 日 Whittier

季节整容术入门

甬江的源头，冬天的栅栏
已拆到玉兰树下。春风轻旋着
季节之轴。展翅的声音
听上去像开锁的声音。
很明显，并不是所有的雪
最终都会飘落到地上。
此外需要反省自己的是，
春风很少误事。见证奇迹之前
你得先过自己这一关。
你身上的白，有多少
可用于纠正颜色的错误？
又有多少可用于冷却
颜色的政治。瞧，这些玉兰
就很敏感，它们伸出
错落的花瓣，把三月的白雪
紧紧捧在手心。我敢打赌
你身上的生命之花

绝不亚于玉兰手心里的雪。
所以，假如你从未做过
同样的事情，你不妨想想
我们究竟错在了哪儿。

2017 年 3 月 18 日

早春现象学入门

喜鹊飞过，领航员尖叫，
就好像这辽阔的北方早春
只有喜鹊没碰过世界的
一鼻子灰。如果天真乱了套，
你准备过其他的借口吗？
蓝天下，年轻的身体
摆脱黑暗中的甜蜜
如同挣脱化身的纠缠——
一半是闪现，一半是浮现；
我们都曾被借用过，美的俘虏，
伟大的备胎，吊不死的
试药者；或者因为无知
你以为我们可以凭借鲁莽，
草率于爱的回报
绝对要比人的命运更复杂。
而最大的迟钝其实是
你无法想象那笼子的样子

正如最大的麻木并不是
你无法感觉到那笼子
还在不在。马上就尾声了，
让我们抓紧时间卫生一下：
还好。最糟糕的事不像是
面对这首诗，你依然无法想象
把它从笼子里放出来
究竟指的是哪一种现象。

2017 年 3 月 16 日

比诗歌还悬念入门

我昨天没写诗是因为
今天也是昨天的一部分，
而你的视线并不一定可靠；
我昨天没写诗也因为
人的观察毕竟只是一种角度；
我昨天究竟干了什么
仿佛只有上帝才能判断。
诗是一件事，但更重要的
悬念是，今天的天气
比明天的天气还要好，
你只需站在原地不动
就能感到一棵桃树的想法
和你的重量并无明显的分别。

2017 年 3 月 14 日

反艳遇学入门

表面上，愿意站多久都可以；
但实际上在一株盛开的山桃树下
一个人究竟能驻足多长时间
是早有规定的。站得太久，

超过了忘我的极限，人的面子
就会受到伤害。暧昧的羞耻感
会从喜鹊飞走的方向突然跳出来，
捅你的后腰，要求你注意一点形象。

因为按规定，人脱节于你，
属于合理的失误。你主动脱节于人
则难以原谅；那很可能会诱发
甜蜜的危险，乃至无名的恐惧。

在一株盛开的桃树下站得足够长久，
假如你还是你，人就会觉得
在你身上，人仿佛被淘汰了——
虽然你一再解释，这怎么可能呢！

2017 年 3 月 13 日

无辜者入门

太阳照常升起来之后，无辜者
并未露出更清晰的棱角。
大地裸露着，但又不是
春天没尽到披挂的责任。
圆明园附近，匆匆看过去，
草地的外表依然残留着
去年秋天的土色；但又不是
苍生的陈旧已锈毁得
完全无法辨认；一旦俯下身，
夹杂在大片枯黄草茎下
新冒出的绿意便触目可见——
它们主要由蒲公英的呼吸构成。

我还从来没见过这么又小
又嫩的蒲公英，比这几天
新上市草莓的蒂把也就大了
那么一点点，还没来得及

对称桃花的骨朵呢，几把小铁铲
已将它们连根斩断，掀翻在
松软的泥土上。动作很熟练，
但又不是出自职业习惯——
干这事的，是附近居民楼中的
几个退休老者：未必知道《唐本草》，
也不一定读过《千金方》，
但说起蒲公英入肝解毒，
舒筋固齿，无不头头是道；
且加上老姜皮后，小火适当煎煮，
甚至能奇效到抑制癌变。

而我的疑惑非常勉强才不等于
我有点无辜：就不能等到
它们长得大点再挖吗？
蒲公英的无辜，表面看
很简单，但实际上却很暧昧——

它们可食可药，慷慨得就像
刚刚反驳过谁说天下
没有免费的午餐。其实，
就药性而言，等到四月再采，
作用会更明显。手里拎塑料袋，
退休老者的无辜，仿佛也经得起
早春阳光的照耀。不就是
提早半个月挖了点野菜吗?
反过来，大地上要是没有人
弯下腰，那问题才严重呢!

2017 年 3 月 12 日

精神自画像入门

和梦比过大小之后，
深渊如胃口，消失在窗外。
洞口一下子明亮了许多。
凡是由时间构成的，时间也是
可供重叠的一部分。
更仁慈的迹象，几只喜鹊飞过
看上去像准确的订单。
花开前，主人的样子
好可疑。方便的话，
你愿意去填补一下吗？
救世主只剩下你身上的影子——
像这样的折扣，要不是
看在老顾客的份上，怎么可能呢？
死亡是最大的清醒，但也没准
是他们搞错了。说到剂量可靠，
还是蒙田身上的苏东坡
最给劲。见多了上过发条的

装疯的演技，秘密也不妨是
秘密的误会。最大的麻木
又何尝不是另一种清醒——
比如，生活的压力好大，
但大不过隔壁的装修电钻。

2017 年 3 月 11 日

解冻学入门

湖边，杂木丛中的啁啾
呼应三月的天空中
碧蓝就像一根自由的棍子。
野火出现之前，它的用途
还有好多呢。戳一戳
迷宫的软肋，以便睁大的眼睛
得以重新看清，首选需要
占卜的依然是，心的王国中
还有多少神圣的土地
可用来实现种子的梦想。
握对了地方，甚至虚无
都会惊出一手冷汗。
即使被误解成拨火棍，
也难不住它的冲动。
蓝得如此矛盾，所以

它想提醒的是，天地之间

其实没什么死结

是这么蓝，无法解决的。

2017 年 3 月 10 日

三日谈入门

第一天，春雨负责

从上面校对世界的靶心；

四周的街道如碾平的肥肠，

被黑暗晒得又干又硬。

如果把时针往前拨，可以看见

两只野猫跳下粗糙的树干，

将夕阳的勋章别在时间的冷酷中；

幸好，在我们和世界之间还有诗。

还想不明白的话，人的委屈

其实远不如天鹅更无辜。

第二天，爱的原罪

突然被黎明之光说服。

清洗后，现场把俘获的心

贴上新标签，移交给

小舞台。假如拯救仅次于悲哀，

你还会抱怨人的面具

耽误过人生的主题吗？

放眼比放心，哪一个来得更快？

从布景的角度看，远山

逼真得像倾斜的天平；

从背景的角度看，春风乘势

把天空锉得更碧蓝了。

幸好，在我们和诗之间

还有不止一个世界

第三天，掷出的骰子

自一万年前返回。没有消息

就是最好的消息。轻轻一掂，

被剔过的骨头会借着

那悬空的重量，试探你

是否真的赞同这样的秘密：

幸好，在世界和诗之间还有你我。

每个形象都是一场救火；

拎过太多的水，摊开的手上
除了淤青，仿佛还有一根
无形的绳子，眼看就要滑落。

2017 年 3 月 9 日

一只喜鹊是如何起飞的入门

老式电线杆，不在街面上
但从闹市区往里随便一拐，
它们的身影，便赫然在目——
迄今仍未拆除的原因，
细究的话，比历史中
总会有很多死角还暧昧。
顶端的截面，仿佛是专门
留给天眼的，你从下面经过，
看不到那上面的任何图案。
而喜鹊的脚爪，却能轻易
触及那些图案上的秘密，
并随时做出身体上的反应。

看，又一只喜鹊已落下，
凭经验，凭迎春花的蓓蕾
在附近已跃跃欲试，它很快
就会成为一位年轻的母亲。

起飞前，它把小腹尽量贴向
顶端的截面，就好像
这小小的细节能帮它尽快
节省一些体力。可爱的小脑袋
一刻不停地左顾右盼，
就如同世界的危险从来
都没有减轻过哪怕一毫克。

起飞前，好多动机都已陈旧；
你无法判断，起飞前的两小时里，
它到底穿越过多少人生的空隙，
以便你路过时，它刚巧
会栖落在那电线杆的顶端。
但起飞后，事情就不同了。
你突然发现你能判断的东西
绝不仅限于，最初的三秒钟内，

那展开的喜鹊翅膀是美妙的；
而那瞬间的美妙，也绝不仅仅是
建立在一只鸟对这世界的警觉之上的。

2017 年 3 月 7 日

沿蜀道北上，或银铠驿入门

相反的方向，梓潼江
缓慢流入油菜花的影子。
鹅黄勾兑底蕴，一片激动的花影
未必不是一片恬静的云影。
北纬 31 度，锦绣的微微一颤，
人性的暧昧，也会跟着纷纷脱皮。
凡是在战栗的锦绣中
沉积下来的，风景会自动
把它们带向你的记忆深处——
那里，岁月的牙齿已一排排排好，
每个缝隙，都对齐张飞柏。
无声的咀嚼比陌生的饥饿
离我更近。要么就是
刚才在桂香殿，在你身上，
人的虔诚突然超过了神的虔诚。
缓慢的理由毕竟还有很多，
就如同微妙的虔诚，

是其中最突出的一个。
再往前走，上亭铺村头，
安静，如同一个巨大的风铃
渴望瞒过历史的诡异，
在细雨中，单挑你的听力。

2017 年 3 月 5 日

七曲山入门

哪怕只是造访，深绿的古柏
也能捉住你的影子，把它嵌入
古蜀道的辙痕。密布的垂荫
笼罩着你走向你的脱胎术，
细雨布道霏霏好比菲菲；
人生自有人生的味道，
不同于花开好看不好看；
心动一下，浩渺就配合着，
在你身上翘尾巴。从星神
到人神，树神也想借光，
而松鸡的彩羽像是上了
装饰瘾，插遍变形记的漏洞。
此洞非彼洞，凡不能在洞中
解决的，大蛇的毒液自然
会冲和人类的罪孽。如此，
我们的虔敬比我们更神秘，
几乎是一个定局：就好像

在川西北，一半是游客，
一半是天生我材，我们的抵达
其实不同于我们的造访；
一个人只有在抵达之后，
才会发现，我们的生命中
还有那么多古老的空白，
竟然比欢爱还年轻。

2017 年 3 月 23 日

梓潼江歌入门

如果不是那些默立在
江滩中的白鹭，我很可能
会错过它的平凡中的平凡
正斜对着语言中的母语。
已跋涉过的母亲河中，
它不太起眼。拦了很多坝，
滚滚的江流已肢解成
金色池塘仿佛找到了
新的遗迹登记处。看样子，
唯有油菜花操，似乎没受到
半点影响，它们的兴致
起伏在早春的坡降史中。
有一刻，我试图顺着两岸的跨度，
在白鹭的白和油菜的黄之间
鲜明的比照中，寻找到
我们和世界的起点。
稍一走神，去七曲山的路上

它是必经之地。人间的风尘
有时就是这么洗掉的。
从魁星阁返回，它也会从下面
悄悄卷走积沉在我身上的
眼看就要和泥沙
没什么区别的小东西。

2017 年 3 月 3 日

量子诗学入门

粉碎之后，结晶之歌
混入白色的细末中，酝酿
新的出头之日。光凭眼泪的话，
好人会很累。起伏中，
从手中脱落的石头
并没有沉向水底。看得见的，
就好像浮萍是刚刚摘下的
礼帽；摸不着的，鱼香
也从不脱胎故乡。多少悬念，
已被春雷耽误。说到隔音效果，
还是爱河和银河最像。
灿烂其实是一种味道。
再用点心，大小很可能
会颠倒过来：宇宙即窍门。
最后的记忆无不出自
灵魂的闪电。所以，说诗像盐

意思就是生活的苦痛

正被蝴蝶的小炒勺

在碧红的海棠树下颠了好几下。

2017 年 3 月 2 日

二月蓝和二月兰的区别入门

问题大了。上班的路上
假如天空已弯成怀抱，
而碧蓝却失手，没能接住
我和悠悠之间的抛物线。

终于暴露了；但前提是
你的身边，喜鹊的鸣叫
能延长那条越来越细的线；
且至少有三只喜鹊的小脑袋

看上去像可爱的线头。
真的很抱歉。生命的投影中
蓝，更像是一种遭遇。
假如天空没有蓝得这么过分，

蓝，就不可能变成我的

一个私人问题。我遭遇蓝,
像你的秘密遭遇种子;又像心灵
最终安静于一道遥远的犁痕。

2017 年 2 月 24 日

紧急救援入门

给我来一针吧。我辜负过雪。
小小的絮花，冰冷的绽放中
却包含了如此多的抵达：
你揪揪你的耳朵，那个倾听
大地之歌的人还活着吗？
你拍拍身体中的鼓：你还在现场吗？
雪，奔波在谎言和真理之间；
白色假面纯粹，谎言
很容易被说成真理。
更隐蔽的，特别情形下，
真理有时也被表白成
高贵的谎言，以便试探你
究竟能面对多少冷酷的责任。

既然你依旧无法确定

我的罪，是否比雪更白，

就再给我来一针吧。

2017 年 2 月 23 日

雪人学入门

在雪中行走，
那个谜还在：分量没有减轻，
大小也没有变化；
你，绝对不会被误认为雪人。
落在你身上的雪
和落在树枝上的雪
除了白色的诚实，再没其他的客观；
它们绝不会因你行走的姿势漂亮，
就有所偏向。融化还需时间，
在此之前，它们会用安静的白
指向一个古老的记忆。
想起来了吗？你在沙滩上
留下的脚印，是沙子的颜色；
你在泥地里留下的脚印
也只能是泥浆的颜色；
而在雪地上，你留下的脚印
永远都不可能是，雪本身的颜色，

它们总会掺杂着一点肮脏。

这小小的差别，或许与否定无关。

而你也已不再需要别的提醒。

2017 年 2 月 22 日

如此细雪入门

所有的自由落体中，
它们不仅白得数一数二；
还轻盈得就好像只有傻瓜
才会再上世界真相的当呢。

垂直的礼物本来已很罕见，
更何况还有微妙的抚摸
灵巧在它们的缓慢中。
邀请已发出，但谁是主人

还需再猜。所有的迹象中，
唯一的紧迫感，来自它们
从未怀疑过你的床头柜里
正躺着一把丝瓜的种子。

2017 年 2 月 21 日

人生观入门

夜色下，人妖已基本定型，
套路很柔软，如同人性
在你未出生之前就赌输了
我们中间的禁果。回头路重合于
底线的部分，几乎是个秘密。

仅仅气息迷人，就已把世界掏空。
掷出的色子，重新捡回时，
已变成月光慷慨的小费。
你不需要魔镜，稍稍一瞥，
人渣就很醒目，泛滥如

变形记里的甲虫，正合谋
如何将卡夫卡送上本地的法庭。
时间有点紧。你需要的是
爱的法宝，就好像我们已能确认
柏拉图确实说过：每个人

都是诗人。你不妨再大胆点，
比如，深藏在石头里面的，
一旦劈开，那跳出来的，
更神奇的造物，你还会凭我们的天性，
给他起一个人的名字吗？

2017 年 2 月 19 日

鹊巢摄影入门

如果你善于体会

人的观察，蓝色的背景中

喜鹊实际上有两个家：

一个很明显，用肉眼就能捕捉到，

甚至连傻瓜都会指出，

它是用树枝搭建而成的。

其中，不乏感人的细节——

每根树枝，都用嘴掂量过；

放在哪儿最合适，也是用嘴试出来的。

另一个，其实也很显眼，

却不那么容易看出来；

它不需要搭建，所用的材料

都很现成，就好像再没有比空气

更结实更透明的树枝了。

展翅即进入。只要向着它

一直飞去，天空就会露出

古老的巢穴的原形。

回到你和我之间潜在的争论，
仅仅从自然的角度，
有翅膀的话，无家可归
其实是很难的。

2017 年 2 月 17 日

幻听学入门

出于好奇的，可忽略不计；
出于救援的，比如，那哀婉的
时而细弱时而凄厉的
间隔传来的声音
来自下面的深沟：听上去
好像有只野猫，在这么荒僻的处所
因为大意，遇到了通常
只有人才会遭遇的问题。

那声音熟悉得就好像
它正在和死亡赛跑。
最后一个弯路。倒计时开始后，
几只乌鸦已在附近的
突出物上各就各位。
乌鸦是更优秀的旁观者，
对待目标，它们趴在黑色的时间中
比我们更有耐心。夹在乌鸦的叫声

和野猫的叫声之间，渐渐地
我失去了最有利的旁观者的位置。
那样的跌落很难描述，
而你，最好从未听说过
什么叫影子已有多处骨折。
我必须抓紧时间。毕竟存在着
比我更神秘的伤口。我必须去查看
那声音为什么像是冲着我来的。

一旦松手，时间也会过期——
因为凡是可用时间治愈的，
时间本身已中毒很深。
我无意耽误历史。带刺的荆棘
或可让他人迟疑，但难不住我。

从划痕中渗出的血，很快又会
渗回到尘土中。如果把位置换一下，
你在上面，听到的又会是什么呢。

2017 年 2 月 15 日

越冬现象学入门

栖息地是否理想，
仿佛只有天知道。
四周，麦田的萎缩速度
表面上，好像和时代的猥琐
没什么关系。你不必解释
我们是如何越冬的。
说起来，还是大地上的活物
既显眼，又善于点缀
存在是否荒诞。

处在旁观的位置上
静静观看：这些浮游在
刚解冻的湖水中的野鸭，
就如同冷酷的环境中
还有一个被遗忘了的
温柔的处境，无形却很敏捷，
转瞬间，就将你笼罩在

记忆的深处。好多变形
其实无关宇宙还剩下

多少魔力；因为
最亲切的自觉一再表明：
陌生的紧身，就是
最好的谨慎。我们听不见
树木无边的呻吟，但是，
憋着野火的荒草
承受了那么多恣意的践踏；
目的只有一个，为了掂量你身上
到底还有没有会飞的东西。

2017 年 2 月 10 日

冬夜笔记入门

白萝卜小小的鼓槌
由羊排骨做成，滚烫的泡沫
像是在捕捉热情的音符，
红枸杞客串姜丝的小表妹，
鲜艳地吮吸着再好的汤中
也可能会有漏洞。此类演奏
常常被借故推迟，但你不会忘记：
你的身体是你最拿手的乐器，
哪怕只是无声地拨弄几下，
效果都接近最好的酝酿。
窗外，雪意的浩渺难得得
就如同冬天是一把琴盒。
美丽的候鸟已飞向南方，
而我独爱这冰寒的夜晚，
就好像它是时间最新的洞口。
万木凋零，肃杀最积极的
那一面，却深奥于仁慈

犹如一场布局。没被冻僵的，
正忙于突出自然的眼光
已包含在季节的变迁中——
最明显的，我们也是我们的迂回。
而寂静的夜空中，寒星的点射
不亚于色情只剩下
最后的一招。稍一概括，
冷酷便婉转于赤裸，沿变形记的
单轨，把你无限逼向
一个从未出生过的你。
先补补气吧，既然这工作——
统计细菌和人渣的反比
比预想的，要漫长。

2017 年 2 月 8 日

野岭学入门

还没上去的时候，
我们看上去像浮云的客人。
世界很柔软，以至于圈套
都漂亮得有点不好意思。
话梅，金橘，红薯干，
特定情境下，一半像药食，
一半像比干粮还细心。
如果你只顾给智慧削皮，
苹果会很悲伤。
视野这么好，苹果和云朵
之所以会押韵，仿佛是采摘之手
瞒着你，加重了风的砝码。
概率确实有点小，但作为一种真实，
悲伤反而令你成熟。
感觉一下吧，假如人
只是你的皮，你会有多重？
或者，在我们还没上去的时候，

白云是世界最好的秤，
掂量如此微妙，以至于
假如所有的门都开着，
你失去的，将不仅是
你和我之间的一个谜；
更可怕的，你将失去人生。

2017 年 2 月 7 日

早春学入门

人工湖边，春融正慢慢溢出
北方的祈祷。风吹什么，
喜鹊就配合什么。方向感里
全是还晕眩得不够。北纬39度，
重复即分寸，美妙的涟漪
又开始戏弄镜子的皱纹，
而你的老，用这二月的镜子
最多只能照出小一半。
偶然路过，冰的肉体
却像是事先有过计划似的，
碎裂成大块的透明骨头，
滴着晶莹，大胆探索着
试图将它高高举起的
年轻女孩的灵机一动。
旁边，当然不会缺少时刻
准备着的青春的镜头。
最震撼的一幕在湖心，

你几乎无法相信：上千只野鸭
依偎在可爱的天性中，
如一座刚刚露出水面的浮岛，
替我们重温着仿佛有过
很大争议的自在之物。

2017 年 2 月 6 日

假如被压死的狗也有偏见入门

通往郊区的马路上
经常能看见小狗的尸体——
有时在左侧，有时在右侧，
偶尔由于心理作用，左侧的，
似乎多于右侧的。钢铁的洪流旁，
阴干的冷血像一把红梳子
卡在凌乱的短毛中间。
只有一次，那蜷缩的形状太像了，
令你误以为那肯定是
一只不够小心的流浪猫。
走神或许还可补救，
走眼后，苦果则硬得像铅球。
哪怕看上去有一丝展品的迹象，
都可能涉及神圣的侮辱；
但假如绝对不存在暧昧的展示，
这些小动物和垃圾的区别
会比你和我之间的一道伤口

更可怕。车轮碾过之后，
静止是精致的假象。死亡已发生，
但死亡似乎并不成立。
掩埋从未及时过；除了转动的
车轮，也不会有其他的仪式
将陌生的祭奠慢慢砌入
冬季的人性。突然安静下来的
马路上，每具尸体都是孤立出现的；
它们之间的连线如此可疑地
依赖我们的视线是否连贯；
它们触及的陈列中，死亡
看上去俨然只是一个配角。

2017 年 2 月 5 日

内疚的鞭炮入门

冷清的郊区，卖鞭炮的街头混混
像演戏似的，假装和警察捉迷藏，
以便在昏暗的临时库房内，
抬高价格时，你也很有面子。
我付了比去年更多的人民币，
到手的东西，却减少了三分之一。
不难理解，这损失的部分应该是
保护费自我保护的一个步骤，
暧昧但还不算没规矩。如果没听懂，
我也可以把记忆倒放一小段。
在进入这一幕之前，我试图说服儿子
今年不放鞭炮。硝烟会给节日空气
造成可怕的污染，霾雾会降低
三只小猪的智力，令视线模糊，
让它们管大尾巴狼叫二姨妈。
而我遇到的反击，赤裸得就像
你都成年这么久了，怎么还好意思

让天使噙满泪花：鞭炮的冲动

岂止是风俗的积习，它更是童年的花冠；

带着火光的口哨，绚烂的轨迹，

冲向夜空的烟花，将原始的恐惧

和原始的快乐，从冷漠的时间中

偷回来，迅速递还到你的手上。

这中间的教育力量，想来很清晰，

实际上却不可理喻。这经历，

并不弥补记忆的缺憾；假如没有它，

那混同在小小的恐惧中的

原始的快乐也就不会在童心中

分泌出你会在三十年后用到的

一种温热的黏液。点燃引信的

那一刻，我知道，我妥协过；

我不是我心目中的好公民。

而腾空后，烟花炸响的一瞬间，

我仿佛看清了，我妥协的对象

并非儿子的心愿，而是他向后
倾仰的姿态下，存在着
一个比天真还新颖的理由。

2017 年 2 月 4 日

春卷入门

水仙花已对过暗号，
窗台上，自发的春芽化身成
葱绿的蒜苗，向你中
有我报到；甚至隔着塑料袋，
都能感觉到，韭菜的琴弦
已跃跃欲试。开水烫面，
橄榄油里漂浮的姜丝
像不像美人计，可是事关
生活到底还有没有真相。
无辜的洋葱，就不曾隐瞒过
一丝辛辣。切好的胡萝卜
也绝非临时才起意
看上去像忏悔录里的
一个细节。爱动摇的乐观主义者
忽然坚信，咬春的
最大的理由，就在于宇宙中
有不止一个黑洞。但是

幸存也可能会耽误事。
毕竟，缺乏赐予的感觉
才真正是可耻的。现在，
你该知道我为什么喜欢重申：
基本功必须比早起的
漂亮的石头还过硬了吧。

2017 年 2 月 3 日 立春日

就好像斜对面有只猫头鹰入门

身边的垃圾急需清理；
而深渊的深，却反应迟钝，
不再像从前那样，总能及时杀到。

一抬头，落日已圆满完成了
世界之吻。回味扩散在
玫瑰色的西北风中。

最大的真实其实就是没人
见过你曾因风景而流泪。
而神秘的河流会像这首诗一样

记得你所有的倒影。
下一步，古老的夜色涂抹着
年轻的轮回，将人生如梦

挑破在平原的尽头。接着，

一场安静，在爱的缺席中
称量着我们的瞬间。

永恒才不缺心眼呢。
兄弟，无论如何，你得经受住
意义的考验啊。痛苦不是问题，

解脱也不是问题。既然时间
这么像黑森林，迷途也不应是问题；
捡不到小石头，才是大麻烦呢。

你最好弯下腰来，重新看清
大地的灵感；因为斜对面有只猫头鹰
死盯着这边看，已经很久了。

2017 年 2 月 1 日

金鸡如何独立入门

—— 仿清平

注重感觉的人
可以摸到那些完美的
几乎难以觉察的细线——
它是被缝起来的，每个细心
都曾跟随银亮的针尖
钻过那偶然的小孔
将巨大的耐心连缀成
生活的长短并非生活的理由。
甚至每个步骤都曾在人的幻觉中
勒紧过我们的想象
对我们的形象的，可怕的忠实。
外表看去，平静的花布
是它的鲜艳的边界。
它有着玩偶的形状，并且
除了傀儡的狡黠，它不会呼吸

别的气体。随你怎么掂，

它都能在我们的图腾中

称出你想要的东西。

和人有关的，虚无难不倒它；

和神有关的，愚蠢也难不住它。

它甚至不担心你会更换

制作它的材质：即使是

由陶土烧制的，它的命运

也不会终止于散落的碎片。

它的自信，并不在于附近

有没有猫。它所重复的东西，

也不限于我们的死亡

最终是否能融入世界之爱。

2017 年 1 月 30 日

黑鸟学入门

如果放任事实
基于事实的话，事实上，
夜幕中，所有的鸟
都是黑鸟。唯一的例外，
雪，对称于寒星
比冷眼更直观，像刚刚失去了
一对巨大的翅膀。
事实上，黑白都爱激动，
都不在乎比黑白更政治；
而我们很少会想到
一旦你开始观看世界，
反过来观看你的，
可远远不止一个世界。
其实，黑就黑在这儿。
当然，我们也试过一些补救的办法。
比如，观看的本意即学会爱慕
看不见的东西，甚至是

学会信任遥远的光
穿过周围的缝隙时
顺便带出的几个理由。
而黑色的鸣叫，从黑暗中传来的，
也确实黑得有点意思；
听上去就像是在散布——
爱，特别是，会飞的爱
在黑暗中最安全。
但你不是这鸣叫的对象。
你不会被弄错。黑暗中，
你的身体，在黑鸟眼中
和世界上其他障碍物的区别
只有鬼知道。事实上，
鹩哥比乌鸦更黑，

但我们说到黑鸟时，

你首先想到的绝不会是鹩哥；

事实上，你是对的。

2017 年 1 月 25 日

正月学入门

最蓝的心出自

下面有起伏的白雪。

岁月停止了搅拌，但好像

除了喜鹊的边缘协议，

收益者寥寥无几。

或者，平凡的矛盾

原本就是一场诡计：

而心得出自枯叶尚未被真相点燃；

给你三小时的独立时间，

你愿意将自己剥进洋葱的

刺鼻梦，来减轻味道的错误吗？

我不低估死鱼里

有和我们不一样的必死，

作为交换，你手里拿的又是什么？

懂我的人，须得以半个宇宙为代价——

但这太难了，难得就好像
你吐出嘴里的茶叶说：
除非我是猫。

2017 年 1 月 23 日

滑雪日记入门

西北方向，燕山的爱
慢慢僵硬在阴山的
陡峻的怀抱中。甚至
陌生的人也熟悉这怀抱
就好像野鸭熟悉未封冻的
溪潭在冬日的阳光下
对于你会意味着什么。
完美的交流不一定
都非得动用人的语言——
这一点，你不会反对吧。
回首望去，冬天的平原
就像一个灰蒙蒙的大筛子，
而新雪仿佛及时地带来了
天上的粮食。最妙的体验
难道不是一切入口即化！
有些爱，没法解释；
一旦解释，那些刚刚还

飘舞在半空中的晶莹
剔透的粮食，就会跌落在
厚厚的尘土上。我相信
我们之中不止我一个人
会有这样的感觉：事实上
我们和雪有着共同的起源。
我也是从上面跌落下来的——
这好像已不再是什么秘密。
是的。你提醒过我。但是，
我只有在雪的方向里，
只有在雪的速度中
才能找到快乐的知识——
难道这个理由不足以解释
我愿意接受雪的命运。
我承认，我滑得的确有点快；

所以，请最好这么想——
像这样的速度，再不会有
任何一种死亡能追得上我。

　　——悼在河北崇礼县滑雪场意外身亡的北大女生

2017 年 1 月 19 日

青鸟入门

像是刚刚被风的舌头舔过，
它的颜色把你从天边
拉回到唯一的现实中——
主人有主人的真理，
客人有客人的伎俩；
涂了秘方的箭已拔出，
张开的弓弦却模糊得
如同亚洲的地平线。
无法调和时，它的机警
殷勤你既然已去过蓬莱，
那么剩下的，还有什么世面
能难得住一个人不想在
堕落的记忆中混入
记忆的堕落。它的飞翔
从来就比空气更主动——
它飞进寂静的冬天的树林，
从神秘的使命中卸下

一副插着蓝羽毛的面具；
活生生的，每个部分
都比已知的小巧更细节；
而从场景的角度看去，
事情发生得的确有点突然，
以至于耳边像是有旁白
提高了熟悉而又异样的音调——
加紧变身吧。考验你的时刻到了。

——赠程维

2017 年 1 月 18 日

你就没有开过鸿沟的玩笑吗入门

铁锹像是从门后
顺手抄起的。吵闹的鹊巢下，
冷，唯独不配合冷静。
一声咣当给世界带来
新的陌生。难道就没有
人，想过把时间挖通了，
你会有什么样的感觉吗？
从背影到背影，唯有孤独
从不出卖孤独的秘密。
再加把劲，凡被野蛮缩短的
距离，道路都会把它伸向
有牧羊犬吠叫的地方——
那里，生与死的界限
模糊在光秃的荆棘下，
就好像爱和死的界线
从未有一刻停止过
在我们的身体里加深

人生的裂痕。其实，
也没什么好担心的——
从里面，总会有几只野鹅
飞出来：飞向更广阔的天地，
飞越新的无知。

2017 年 1 月 15 日

红叶学入门

当你称它们为红叶时，

它们事实上已死去。它们精致于死叶，

单薄于死亡对宇宙的轻盈

偶尔也会有了新的想法；

然而一旦用火去试探它们，

明明已死去的红叶会从乱蹿的光焰中

冲着你噼啪叫喊，就好像

在命运和见证之间，你不曾认出

你其实也是一枚终将会凋谢的

颜色越来越深的树叶。

它们不只是重生于火，

还曾将激动的火改造成

令你眼前一亮的隐身术。

它们随和到你都有点替

世界的主人不好意思，它们是

伟大的诗出过的一张牌；

但不否认你也许还有别的底牌。

在它们身上，易燃甚至加工过
有一种美德比自我还易燃：
因为世界缺少燃烧的风景，
或者因为你已有点厌倦
我们的激情曾出自星光的性格。
看上去朴素，但它们身上的颜色
很可能还威胁过死神的记忆——
迷途交错的年代，它们是
明显的标记；尤其是当我们中
有人试图沿风景迂回到
世界的真相，它们很扎眼；
而一旦投入无名之火，
焚毁了身上的小红箭头，
凭借顽固的冲动，它们
可以在我们中间制造出

一个巨大的迷失：甚至死神

也不得不向你借钱去买

一张新的亚洲地图。

2017 年 1 月 12 日

龙塘诗社旧址入门

沿季节的沉默，反向押韵，
盛开的紫荆驾驶金鸡的记忆，
将我们这些刚刚穿越了
雾霾的星际隧道的北方佬
卸载在石龙的出生地。
凡流动的，无不在冬日的春水中
提速过身体里的潜流。
一遇到拐弯，岭南的假山假得
甚至世界观都想脱去
冬天的内裤。轻轻一吹，
金牛就能瘦成仙人掌的模特。
有好酒的话，好天气还需要风车吗？
万物曾离去，而后又将你
从永恒的轮回中狠狠掷出。
万物都曾破碎，但是眼前，
焕发的新颜中，旧貌
很可能比预想的要礼貌；

龙眼树的荫翳下，做旧的灰砖
将我们完美地呼吸成我。
我们都曾在私下盼望过那个时刻，
一旦偶然很纯粹，我们真的敢
凭借词语本身的力量吗？

2017 年 1 月 9 日

与其抵抗冬天不如探索冬天入门

为了探索你的冬天，
黑夜在通往北方的路上
挖了一个洞：很原始，一只棕熊
如果找不到爱情的秘密
出口的话，会在里面走上一百年。
疯狂的脚步，它们丈量出的
漫长的迷失，已弥散为
一股代价昂贵的气流——
你以为百年孤独是怎么来的？
没错，的确有一些看起来
像是早有预防的措施
令你感慨：深入未必就意味着
缺少神秘的光亮。那里，
旺盛的炉膛野蛮如
一个美丽又开放的器官；
源于人体，又扩展了人体。
传递中，火苗打着唯一的拍子——

生命的节拍，爱的节拍，
甚至宇宙有时宁愿委屈一下
自己的替身的节拍，都已含混在其中。
但你的头脑却很清醒，
就好像那一刻，明亮的寂静
胜过了一切时间的凝固。

2017 年 1 月 8 日

平局入门

—— 仿陆渔

严肃的亮光，古老地
闪现在她迷人的眸子深处
多么骄傲，年轻时我不懂爱情

如今，岁月溢出死亡的边界
多么混蛋，终于轮到爱情
其实对我也一无所知

2017 年 1 月 6 日

来自量子世界的消息入门

—— 仿杨庆祥

好消息是，我在北方的霾雾中
度过了新年的第一天。
更好的消息是，我的肺
并不责怪我的钱包。
我的肺，依然充满弹性，
甚至不乏善良的试探性——
比如此刻，它探查到
确实有用钱买不来的东西
正鼓得像海边的气球。
与我同在的，还有树枝上
依然相爱的两只山喜鹊——
还从未有过一把剪刀
像它们的长尾巴那样
频频用于将时间的片断
剪裁成无神论的小素描。

它们受惊时，这灰蒙蒙的世界
反而显得简单；不似梦境中，
传来的声音听上去
如同经过了无底洞的过滤——
帮凶啊，无所不在的
帮凶的概率，几乎败坏了
一个来自量子力学的消息。

2017 年 1 月 2 日

卷　五

卡米拉·克洛代尔致天才代理人入门 *

处女作一点也不含糊，

名字就叫"金色的头"。

我是罗丹的学生。在卢浮宫附近，

有一件深蓝色的中号浴衣，

配有白色镶边，很适合我。

看在成人礼的份上，买下它吧。

我很容易羞涩，但说话很直接。

只有赢得过纯洁的心的人

才有机会懂得：河里洗澡归来，

"我光着身子睡觉，好让自己感觉

您就在身边"。我所有的梦

都结实得像青铜已接近完成，

以至于听上去，"唯一的遗憾"

严谨得如同"我从七岁开始

就从事雕塑事业"。《华尔兹舞者》

---

* 诗中引文均出自《卡米拉·克洛代尔书信》中文版，略有改动。华东师范大学出版社，2007年9月。

是刚做好的，半人高，如果可能，
"我想为这件作品向您请求
一份大理石订单"。亨利·封丹
打算用 2000 法郎买那尊小胸像，
虽然我很缺钱，但"我觉得
这有点太多了"。这年头，
艺术严酷于人性，而"自发的
赞赏，实在太弥足珍贵了"。
常常，我感到有一双隐形的手
迟早会"把真正的艺术家从裹尸布里
拉出来，并轻轻合上棺枢"。
但更频繁的，我觉得自己矛盾于
一个人害怕被埋葬的命运。
我还能和谁交流灵感呢？
"做一根神杖要花一整天"，
而磨掉上面的那些接缝
却要耗费五六天的时间。

沉浸即代价。"我已有两个月没走出
雕塑室半步了",落款 4 月 25 日。
请原谅我的坦率,莫拉尔特,
"倘若您能巧妙地不露声色地
让罗丹先生明白,最好不要
再来看我,您将给我带来
有生以来最大的快乐"。
也许我有点过于敏感,因为牙疼
就能让我觉得"几乎要疯了"。
如果我的判断还像从前那样,
我最心爱的作品是《珀耳塞斯》,
特别是头部,真正的爱人
也不可能如此完美;但是很不幸,
它好像被罗丹暗中收买了。

2017 年 12 月 29 日

芦苇的舞蹈入门

浑身已枯黄，如果你
敢辨认的话，长长的尖叶上
还蒙着隔世的尘埃；唯有韧性
果断于任性，不肯屈就
死亡的暗示。至于深冬时节，

人性能否从它们的舞蹈中
获得一点启发，就要看
喜鹊报幕时，北风卖不卖力了。
更有可能，你称之为舞蹈的那种情形，
对赤颈鹧鹏而言，不过是

一阵单纯的晃动；而假如
把鹧鹏和天使对调一下，

进入眼帘的，最多也只是
一种对象并不明确的
自然的倾倒而已。

——赠宋宁刚

2017 年 12 月 28 日

那样的角落已屈指可数入门

河面上，凡是看起来
美于荡漾的，很快就沦为
逼真的颤抖；即兴的反比中，
我们穿得越厚实，大地裸露出的，
也就越多。而寒风的作用
更像是一次大规模吸尘。
如果需要不断擦拭，
我们和魂灵的关系
又能例外到哪一步呢。
往好里说，每个人都来自尘土，
不过是例子显得有些遥远而已。
想反驳迹象的话，帝国的郊区
看上去如同闲置的货场；
长长的河道两边，不匮乏
茂盛的植物，即便此时
正经历着一番深深褪色，
也依然轮不到死亡有隙可乘。

可避风的角落就那么几处，
聪明的发现却从不仅限于
人类的旁观。夏天的鸳鸯
仍在那里浮游，就好像从童年起，
原地已固定好一个等候，
戈多是否会现身已不重要；
冬天的戏剧中，两只水鸟
仅凭小小的轮廓，就可将
大地的最佳配角发挥得绘声绘色。

2017 年 12 月 17 日

落叶启示录入门

脱离了柿子树粗糙到
完美的枝条，这些落叶
几乎试过所有降落的方式；
它们不在乎你是否还掌握着
更漂亮的落体表演。
它们也不在意我们将告别的意味
强加在它们身上是否
侵犯了它们原有的表情。
凋落的，为飘落的，打探过
无数遍大地的冷暖；
零落的，预先为坠落的，
铺垫了色泽醒目的防潮垫；
作为一个环节，落叶
比我们能旁观的，完成了
更多的自然的秘密；
它们甚至插足过在私底下
你问我是否已准备好了。

甚至所有已知的践踏，来自野狗

或野猫的，以及来自人类的粗心的，

也都被它们事先预习过

不止一次。当我们和它们

在私下交换人生的背景，

不感情用事的话，落叶代表着

更完美的理智，强大到

你忽然发现，对比人类的愚蠢，

再没有比真正的悲伤更健康的东西了。

2017 年 11 月 2 日

比谛听更聆听入门

从幽暗的水面传来的
这清越的鸣叫，随夜色的加深，
变得急切起来；持续的时间
比黄昏时分拖得更长了；
听上去，针对黑暗的意图也更露骨了，
虽然暂时你还无法断定
那是否意味着，从现在开始
没有比水草深处的睡眠
更仁慈的归宿了。如果在白天
并未见过那些可爱的身影，
你不可能知道，如此动听的声音
究竟是从哪一种水鸟身上发出的。
河道狭窄，污染的后果
直接反映在浓重的水色中，
因此它们不可能是天鹅发出的。
如果是从白鹭身上传出的，时间又对不上。
也不可能是野鸭的，否则音色中

不会有如此精确的自我骄傲。
既像是宣告，夹杂着雄性
对专属水域的主权重申；
又像是警示，将潜在的危险
提前雕刻在喉头肌肉的褶皱中。
因为天色的缘故，你看不见
被召唤者的反应，但你能感受到
有几个瞬间，你自己的反应
突破了同类的神话。

2017 年 10 月 31 日

转引自假如鸳鸯会说人话入门

深秋的河面，倒影里
夏日茂盛的芦苇被除割得
只剩下残根的创口——
直观的感受中，过于粗暴
竟然如此巧妙于比麻木更冷漠。
如果征询我的意见，
我不可能同意我的纳税钱
用于支付这样的人为活动；
我们应该能找到更好的
处理自然的办法，虽然有时
我觉得我们根本就不配。
自然的办法是不是真的
就比自然作为一种方法
更有说服力呢？例子有点可疑时，
我就放慢清洗时间面具的速度。
十天前见到的三对鸳鸯，
现在也只剩下四只；

从颜色上判断，它们应该是

今年新出生的。裤兜里正好有硬币，

向上一抛：如果是正面，

前世比真理更微妙；

如果是反面，我就接着原谅

我们和自然的脱节。

2017 年 10 月 26 日

以深秋的连翘为例入门

与附近的火炬树不同，
从未等到过霜红，叶子紫得
好像你差一点就误会了
紫罗兰的偏方，假如你见识过
深秋的连翘，以及它们的凋零
作为一种生存的面目
和早春时节它们的绚烂
形成的巨大的反差，你会惊讶
你爱过的人从未在你身上
看到过相似的对比吗？
凡称得上美丽的，必精通轮回
对大地的催眠。你从未目睹过精灵，
这不是你的错。这顶多是
运气问题。要么就是，
凡能和过去或自身的深渊

形成新的反差的，命运，
我们刚刚反复谈到的命运，
说到底，不过是时间的瑕疵。

2017 年 10 月 24 日

北京野生鲶鱼入门

相比荒蛮的僻野，难以捉摸的
命运为它准备了
一条两岸有着丛生的芦苇的
流过京郊的河；举止很专业的
售楼小姐曾指着示意图
特别介绍：这可是南郊
屈指可数的自然河，距离天安门
还不到 20 公里。涉及情节的
曲折，命运还为它准备了
她的掩饰，有意或无意，
她绝口不提污染的实际状况。
河水很浅，淤泥的臭脾气却很大，
除非前天刚巧下过暴雨。
命运还为它准备了
尖利的鱼钩；为它准备了
一个九月的下午，以及
一个因为拆迁而突然有了闲钱

可以不用去上班的

年纪不到三十岁的男人。

命运也为它准备了他的

不太正经的爱好：其中的恶意

平庸到了人性的堕落

都有点不好意思。根据常识，

污染到这地步，河里的鱼

根本就不能食用。并不具备

悲剧意味，悲剧的角色就更别提了，

命运为它准备了一个小小的尴尬：

它只是再也没有机会充当

平静波浪下的清道夫。

命运为它准备了上钩，偶然中

带着必然；不仅如此，命运

还为它准备了突然中断的使命，以及

一个鲜明的对比：水质这么差，

而它拎上去竟然重达四斤多。

出于诗的真实，命运也为它准备了
你的确就在现场，并见证到
它把一个秘密最终还给了
光天之下。

2017 年 10 月 20 日

黎明语录入门

黎明时分，果树甩掉替身，
从暗黑的塔影返回自身；枝条上，
麻雀看上去像天使的大脚趾。

但假如谛听更有效，从它们
依然稠密的鸣叫中，你大致能判断：
深秋的深，究竟深在了何处。

尚未散尽的夜寒丝毫不能削弱
它们欢快的鸣叫，就仿佛深秋的清晨
和盛夏的拂晓的区别

只是你我才会遇到的一个问题。
它们的鸣叫比真理更准时，
它们的鸣叫甚至带有情感色彩——

在这纯粹的秋天的早晨，
你是否还有一个绝对的对象？
需要你比过去的你更准时。

2017 年 10 月 19 日

秋雨在黑暗中落下入门

黑暗中，潮湿的草木隐伏在

人生的死角，摆脱了世界的眼光。

我闭上眼睛，就好像

神的饥饿已不需要

我在早上提起果篮。

说草木无情其实是天大的误会。

更何况，无情的草木怎么会

无情于我们还不够深情？

假如我想摆脱点什么，

死亡和绝望确实很像一场双簧。

自然的黑暗中，黑暗从未纯粹过，

人生的黑暗中，黑暗也从未真实过。

此刻，猛烈的倾听

从我睁开的眼睛中赢得了

一片新的寂静，就好像
这深秋的夜雨在我的头脑中
找到了一个急转弯。

2017 年 10 月 18 日

史蒂文斯诞辰日入门

季节的轮替将我们推向
古老的出发点。高大的榆树下，
凭借枯黄，落叶打薄了欲望，
但街道依然坚挺人生的插曲。
电线杆顶端，怎么会缺少
从纽黑文飞来的乌鸦正在放哨。
此时，唯有碧蓝的长天
能让时间的洞穴陷入羞愧。
阴影下，黑松鼠拨弄
鹅掌楸的指针，终于找到
坚果的破绽。它不反驳
棕红色的松鼠更常见；
它灵巧于它的身材瘦小，
但这很可能只是表面现象；
更深的意图是，它信任
俏皮的具体性，用它灵巧的身体
把世界之大排斥在

一个秘密的游戏之外。

它颠跑着，仿佛在示范

怎样才能在生命的好奇和生存的警觉之间

保持好一个微妙的距离。

仅次于死亡，它活泼的躲闪

竟然给生活留足了一个面子。

它活泼得就好像有一只眼睛

正从迷宫深处打量

仍然处于边缘的我们。

我猜，假如我们有办法

将我的身体缩小到同样的尺寸，

我也可以获得那样的眼光，

从内部，目击到一个陌生的我。

2017 年 10 月 2 日 Boston

灯笼果入门

小小的特别甜将它们放大到

世界的印象中。此时，其他的对手

都已在海南的阵雨中失去了

竞争性。它们的出现就好像

偶然比宿命更性感。但因此

惊动雄心，就有点反应过度了。

毕竟，它们不是你曾见识过的

把自己隐藏得很完美的猎物。

它们是否算得上静物，都很成问题。

你的好奇心倾斜在生命之光中。

从礼物的角度看，它们大小如念珠，

但脾气脆弱得比浆果还爱哭。

如果你问鹧鸪，它们的名字叫金灯果。

如果你问陵水的波浪，它们的名字叫姑娘果。

如果你问浮云，它们的名字也叫秘鲁酸浆。
如果你问我，它们味道独特得
让我差点忘了宇宙还有其他的乳名。

2017 年 7 月 8 日 陵水

至少我们应该朝那个方向努力入门 *

森林的隐喻，常常好过

我们已习惯于依赖迷宫。

坡脊上，嚎叫对应群星灿烂，

野兽们尚未领悟到这世界

还有一个辽阔的前台。

没错，还从未有过一种人类的暗示

好过月亮对我们的耐心；

但是很快，杜鹃的啼叫就因悬崖中断。

在溪流中拖延的，与其说是

秘密的教训，不如说是秘密的谈判：

只有在黑暗的感觉中

感觉的黑暗才永无尽头。

让影子的味道终结所有的怨恨吧。

---

* "至少我们应该朝那个方向努力"语出英国诗人，批评家 C.S. 路易斯。

取火时，旋转的木棍
无意中也将心灵的摩擦
重新带回到最原始的易燃物之中。

2017 年 7 月 5 日

深度诗学入门

……在纯粹的自在的黑暗中点亮一盏灯
　　　　—— 荣格

自带旋涡，自付情感色彩

给一个疯狂的假设。信任鸽子，

被烧死的人就会复活吗？

天气这么好，以至于"白云的味道

好极了"听起来就如同

我们刚刚偷吃过黑天鹅。

越是一望无际，大地越像

荒芜的祭坛。意志薄弱的话，

最深刻的假象就是：我们都是

从尘土中来的。自带泡沫，

否则减压阀就是海洛因。

原则上，无法用眼泪洗刷的东西，

都会将魔鬼的礼物磨得锋利。

运气好的话，从梧桐树的影子里

的确可租到炼狱的一个小窗口。
多么暧昧的兜售，被时间磨损的东西
正微妙在你身上：诗和大海
曾共用过一个底部。

2017 年 6 月 28 日

木槿花入门

因为有些生命的绚丽
我们原以为只有天使才能见证，
所以你惊异于你从未在别处看到过
开得如此缓慢的鸡肉花。

2017 年 6 月 27 日

考试入门

下在外面的，是夜雨。

流在里面的，你永远也不会猜到。

臭椿，71 分；连翘，92 分；白皮松，86 分；

迎春花，87 分；蜡梅，70 分；诸葛菜，84 分；

负责监考的，没准就是穿裤子的云；

所以，厕所里永远没有老师，

只有道在屎溺间。紫藤，95 分。

黄栌，62 分；圆柏，85 分；独行菜，69 分；

假如我们的羞耻不曾误会过

我们的世界观：七叶树，97 分；忍冬，90 分；

石榴，88 分；水杉，75 分；铁线莲，91 分。

环节多么暧昧，假如我们的回报

不曾误解人生的轨迹。泽芹，81 分；

益母草，99 分；红桦，89 分；牡丹，79 分；

或者，假如我们的委屈不曾模糊过

生活的印记：樱桃，77 分；榆叶梅，80 分；

旋覆花，94 分。多么深奥的激励，

假如我们的成长源于

我们的天赋都曾被深深误解过：

野豌豆，78 分；黄金树，90 分；

或者，假如北方的天气不曾误会

我们对权力的幻觉：梧桐，66 分；雪松，74 分；

红蓼，83 分；紫薇，97 分；栾树，79 分；

或者，假如我们的运气不曾误会

我们曾如此矛盾于人生如梦：

香蒲，69 分；打碗花，66 分；盒子草，68 分；

鸢尾，96 分；中华小苦荬，93 分。

现在燕园时间：清晨六点。蒲公英，64 分。

2017 年 6 月 25 日

人类的倾诉入门

……说这些，是因为您看起来很有教养。

———— 帕特里克·莫迪亚诺 *

高大的杨树下，偶然邂逅，
我们像是被刚醒来的绿衣人
匆匆放到早晨的天平上的
三个砝码。人生的倾斜中，
阳光近乎善良，但生命的缩影
能否竞争过人性和阴影，
仍是个谜。要不要网购一个电炉，
煮一煮死结？仿佛有话题，
从婚姻到地狱，从疯狂到解脱，
你还记得你喜欢一首歌的最初的理由吗？
或许就姿态而言，倾诉才是主角。
倾诉之后，那减轻的东西

---

* 题记语出帕特里克·莫迪亚诺的小说《凄凉别墅》。

究竟会是什么呢？线索好复杂，
即便迷人的阿赫玛托娃
早已明确指出过：诗源于垃圾。

2017 年 6 月 22 日

围观现象学入门

僻静的林荫路上，我们
几乎同时发现了对方。
但更有可能，在我注意到
这只年轻的鹩哥之前，
它就已发现了我。只不过
在它的警觉中，按危险程度排序，
我，应该排得很靠后；
甚至连潜在的天敌，都算不上。
初夏的寂静中，它更关心
杂草里隐藏着的美餐：蚯蚓
或蛾类的蛹虫。它不欢迎
我成为它的摄影师。它不欢迎
我用镜头欣赏它身上
年轻的黑。在它的拒绝里，
人的贿赂完全不起作用。
一旦我稍稍凑近，它就飞跳到青石上；
它的机敏中不乏对笨拙的轻蔑。

我刚要表示离开，实际上，
我转身的动作才完成了不到一半；
它就凭古老的预感，飞下青石，
又蹦跳着回到草丛中的那个原点。
看样子，我的介入，无论怎么意外，
都无法改变那条蚯蚓的命运。
尽管发生了，但杀戮仿佛并不存在。
它只是在捕食，而那条蚯蚓
仿佛因为在进食者的肚子里
刚刚牺牲了自我，而为同类贡献了
一次生存的机会。这幕情形中，
现场也很暧昧。离开时，
除非敏感于世界的残酷，
从情感上判断，我并不觉得
我刚刚围观过一次死亡。

2017 年 6 月 21 日

樱桃沟入门

季节重复命运时，北方即现场。
炎热已开始令四肢沉重；
但这里，夏天的阴凉
可润色人性中最深的缝隙。
前人栽下的绿竹，等待着一次领略。
偶然绕一圈，偶然里
果然有一个浑圆的句号。
小池塘里，巴西龟和锦鲤
尽情表演和谐相处，
而我们的围观也不一定
就真能表明历史很无趣。
四周，林立的围墙和栅栏
不断区隔山野的气息，
但假如态度好的话，安静的绿意

还是能充分代表自然的正义。

比如，蜻蜓飞来的方向里

就有梁启超墓近在咫尺。

2017 年 6 月 19 日

荷兰时间入门

伸手随便一指，总会有一片大海
俏皮在大西洋的方向里——
起伏中，唯有旅人逆转过一个身份；
甚至无须特别的敏感，
波浪便如花边，将我们翻卷
并慢慢拖出世界的新闻。
上岸后，高大的梧桐修剪夜珊瑚；
有轨电车已停运。与其问
现在是几点？不如细看
星光普遍幽蓝，灯火礼貌得
就好像伦勃朗还没有画完夜巡。
暗影中，郁金香的晃动
让大海的气息再次胀满了
一个共鸣。露天长椅上，

叼着香烟的人，除了烟灰，
身边再无别的人生悬念。
半夜，恰好也是半个家。

2017 年 6 月 16 日

海牙入门

在你抵达之前，大海的虎牙
已被拔出。类似的，
被钝刀割下的耳朵，真诚到
令人类的礼物十分难堪。
艺术的伟大从来就不是秘密；
但荣耀则是一门嫉妒课，
涉及人性居然一点也不深奥。

我们都曾被我们的疯狂旁观过，
只是现在，距离更安全了；
现在的处境因我们的麻木也在进化
而变得更微妙。风景反刍记忆，
效率高得就好像你给过风车不止一笔小费。
比起时间，命运其实稀释过
更多生命的隐痛。说起来，

如果地点选对了，还是黄昏最可靠。

放眼看去，平静的大海
犹如刚刚被推倒的世界之墙。
穿梭的海鸥，每一只好像都叼着
一把能打开任何囚笼的钥匙。
递上古老的请柬，美丽的晚霞
便如同一扇静静燃烧的铁门。

2017 年 6 月 14 日

鹿特丹入门

陌生的城市，出游时，
方向任由脚板心决定。
世界是盲目的，除非你觉悟到
这盲目本身包含着深爱。
毕竟，两个人盲目的信任加在一起
很可能就是一条瀑布
正沿着峭壁，向谷底哗哗倾泻。
我们制造了我们的声音，
并将你我放置在倾听者的位置上。
而在另一些时刻，我们也制作了
我们的沉默，并将你我置于
审判者的位置上。假如需要，
我们也可以解放我们的迷宫，
不论是谁制造它。只要有反光，
我就会想起磨过镜片的斯宾诺莎——
"唯有理智能使人自由"。
更现实的，我们手牵手，

就好像蜜月被推迟了整整十年。
向西五十步，毕加索的立体画
成就着街头的水泥雕塑。
向北二百米，伦勃朗的自画像
将历史的醉意悬挂在
博物馆的角落里，等候我们拆除
我们身体里几块朽烂的篱木，
去摸索一番。每一束光
都绷紧过真理的标准，
但是，智慧只能出自深思
存在的本意。还担心什么呢？
埃及雁的影子到处可见，
如同呱呱叫的活动路标
将我们的脚步清晰地定位在
重返爱情的环环相扣中。

2017 年 6 月 8 日

席凡宁根海滩入门

海浪平静如你的脑海中
突然浮现出凡·高的一幅画——
蜷缩着的北方，被归来的渔船卸下，
柔软在深棕色的沙滩上。这样的现实，
曾经严酷，但由于偏僻，很容易
就被历史风景化。眼前的，更真实的景象
美就美在纯粹的记忆正将它们
悄悄塞进你的喉咙慢慢吞咽着。
腥咸的味道，经由成群海鸥的搅拌后，
已将共鸣的肺腑重新抵押给了
一个匆匆开掘的考古现场。
淘洗过的贝壳，比你见过的
所有心灵的线索加起来，还干净。
弯下身，捡起来，光滑的触摸
引导原始的正确。每一个比较
都可以反转永恒的瞬间，
成为事实的父亲。假如我们的真理

真的曾倔强于个人的见证——

那么，大海就是人生的悬念；

但更惊魂的，人生也是大海的悬念。

　　　——赠朱朱

2017 年 6 月 12 日

人在莱顿入门

狭窄的河道随时都可以
把你的感叹带到石头建筑的暗影下。
天蓝得就像一张陌生的皮。
你不必撕下任何东西，
就可以醒在一个梦中。
茂盛的礼貌，水生植物安静得
像刚刚改变过的一次画风，
等待着岁月的风干。
自生，很显眼。自灭，却很深奥。
如果你的跨越不限于
只是对风景的偶然的一瞥，
每一座桥都像是在为命运护短。
天鹅白得如同时间的展品；
免费参观，免费检讨
它们的优雅究竟在我们身上
出了什么问题。游览小艇驶过时，
白顶骨鸡会下潜到震荡的波浪下，

避免好奇心的突然破碎。

所有的不真实，其实都源于

除了坟墓，你的裤兜里

暂时还揣着另一间房屋的钥匙。

——赠易彬

2017 年 6 月 11 日

毕业照入门

湖边，三个女孩并排站立，
身上套着宽大的黑得发紫的毕业服；
全都戴着眼镜，裸露的小腿
全都像刚刚冲洗过的藕。
她们正准备起跳，把腾飞的身体
交给镜头的魔力。但看样子，
前几次好像都不太成功。
最左边的那个，突然把相机
递到我手上。当口令发出，
"您就一直按着"。她们跳得并不高，
其中的阻力，有很大一部分
来自那套紫黑的厚制服；
但必须承认，她们跳得相当精彩，
夸张的肢体仿佛为地球平添了

几个明亮的影子。她们起跳时，

我能明显感到自己正站在悬崖边上，

手里的相机像黑鸟突然长出了玻璃羽毛。

2017 年 6 月 9 日

鲸鱼入门

必要的美德会提前
把更多的湛蓝留给鲸鱼。
海面平静，但距离已拉开。
必要的美已毫无悬念，
但必要的理智仍会阻止我们
动用象征的力量，将你和鲸鱼
并列在天平上。晃动已不可避免。
几乎所有的死亡都已被大海
稀释在波浪的咏叹中。
没有人知道，鲸鱼的冲动
何时会再兜回来，把我们带向
平坦在沙滩上的祭坛。那美妙的倾斜，
几乎超出了所有人的设想。
什么时候？什么事情？
或者在人类普遍的迟钝中
又有怎样的秘密如同你刚刚
挖下的墙脚？以至于我渴望知道

我们会不会由于距离
或角度的原因，再次误会你就像
一头扎进金色鱼塘中的鲸鱼。

——赠雷武铃

2017 年 5 月 26 日

假如主角是雨入门

你正朝第一现场走去。

乌云已结束密谋。从树林中

传来的惊讶，只剩下沉默和阴影。

树叶的抖动，指示牌的消失，

配角们换得太勤快了。配角们只配

将命运的配方悄悄带进

已被铲平的坟墓，但主角

始终是雨；以至于再不会有

比假山更忠心的报幕人了。

雨中，每块石头都在雕刻死亡的额头。

雨中，几只麻雀像找回的零钱，

跳动在时间的反光中。

潮湿的蘑菇才不无聊得

像冬瓜的屁股呢。煲好的汤里

落进了几滴雨，怎么啦？

不要小瞧偶然性，假如你
没能及时凑齐魔鬼的细节，
这世界就会陷入空前的孤立。

2017 年 5 月 25 日

人生的暗器入门

现场比邻大海的反光；
受了刺激，人生要是
人生的元素，该有多好啊。
随手一掐，试管里
有好几个无底洞，正共谋
如何使用巨婴的隐喻。
同样是材料，生命的孤独
仿佛只比吹来的椰风
严肃了那么一点点。
金灿灿的，沙子的思想就平铺在脚下；
践踏已无法避免，而比滚烫的
小颗粒，更柔软的抚摸
也源于同样的过程，并且
一点也不怕金黄的交换中
还有没有其他的颜色陷阱。

被击中时，身边除了大海不是宿命，
连被诡异惯坏了的死亡
也不过是刚开了点窍的小学徒。

2017 年 5 月 21 日 海口

向莱辛致敬入门

绿树林背后，池塘安静得像
小湖瞒着狸猫，悄悄嫁给了
在我们出生之前，就已扔弃的
一面镜子。作为一种观念，
命运究竟过滤了多少人心的邪恶，
和你是否无辜，竟然没什么关系。
水面之下，几条鲈鱼看上去像
鲤鱼从未见过冷酷的小钩子。
除了留下一个背影，喜欢钓鱼
算不算故意隐瞒历史和出身呢。
凡自觉上钩的，宁静就是一场洗礼——
没关系。即使你暂时没听懂，
也没关系。因为伟大的莱辛好像说过，
我们的视觉远远优于人的听力。

2017 年 5 月 18 日

滴水湖归来入门

拍岸的浪花仿佛对所有人
都是公平的。死亡被诱惑了，
镜子也不会碎裂：看上去
这也很公平；一点也不像
一个极端的例子因说服力暧昧
而有点吃亏。放眼望去，
铅灰色的云阵比湖面更安静，
正等着换下旧轮胎。
据现有的迹象，爆裂的声音
都已被海鸥的呼叫美化——
这样的公平，如果有闪失，
其实也不是不能理解。
不太容易接受的是，在别处，
我还从未见过美丽的湖畔
有这么密集的铁丝网。
难道潜台词是：只有被禁锢的风景
才会免于良心被再次抵押。

或者，如果你的视力良好，

诗，其实早已被秘密抵押。

警示牌上，"严禁游泳"像是提醒

我们身上还穿着裤衩。

怎么会缺少真实的细节呢！

一只黑蝴蝶正骑着风浪

挑战你是否愿意相信：

最深刻的消息是，唯有死者

才能在我们的身体里

学会诚实地使用语言。

——赠王晓渔

2017 年 5 月 7 日

最奇妙的领悟有可能和刺猬有关入门

从草丛里传来的动静
只有在夜晚才会如此清晰：
寻找中，有些食物已吞入肠胃，
有些仍交叉在麻雀的清单上，
仿佛只有凭借神秘的疏忽，才能躲过
猫的好奇。喜鹊们离场时
放下的黑帘子，颜色越来越深；
但依然没有深过这只刺猬
在我们和臭鼬之间所做的区分。
偶尔路过，我们的可疑
对刺猬而言，是巨大的恐惧。
而由于身体娇小，它引发的可疑，
不过是极短的时间里——
你因为人类的蜕化，将它弄出的动静
和一只野猫发出的声响搞混了。
假如这首诗还需有另外一个结论——
那么夜晚是夜晚的一个领地：

它是开放的，但你却无法走进去。
你能走进的，只是由刺猬的本能
在我们的思想中酝酿的一种氛围——
没错，有一瞬间，确实有老酒的味道。

2017 年 5 月 16 日

人在锦溪入门

小湖里荡漾的，全是大湖的情绪。

涟漪太狭隘，因为波浪

比波浪的舞蹈还好看。

稍一环顾，稀疏的芦苇

如同备用的鼓槌，令一片荒芜

纤细于碧绿的占卜。

一只白鹭飞走后，另一只白鹭

很快会飞回来，弥补我们

无法看见的损失。至少

好几个瞬间，白鹭白得就像

刚刚毕业的小护士。

岸边，有人已脱去上衣，

但还是没有鱼上钩。

没拍手的人，就不算了。

医生，医生，他们都说我像风车。

2017 年 5 月 13 日

晚香遗址入门

触目可及，最多的
不是蚂蚁的尸体；碾过的，
还是踩扁的，都已偏离
同情的诡计。也不是可疑的，
浸过血的毛发，像畸形的黑花蕊
凋落在必经之路上，还没有
被淤泥卷入大地的沉默。
换一个姿势，所见更惊心——
到处都是刚刚诞生的遗址。
一段被铲掉的围墙，便可以留下
一片遗址。一块邻水的菜地，
也很容易因权力的怪癖
而沦为一片遗址。相比之下，
一座坍倒在薄雾中的亭子，
仅凭自身的传说，就可以制造
一个遗址，也不是什么难事。
心动之处，倾斜的江南

毗邻废弃的采石场留下的，
裸露的崖壁。靠晚香来转型
总比拍脑袋要懂政治吧——
譬如，花是生命的加法时，
你美丽如儿子对矿坑很好奇；
花是命运的减法时，
你丰富如水边的倒影
突然孤立了岩石的感情。

2017 年 5 月 12 日

唯心的蝌蚪入门

密密麻麻，像落入水中的
黝黑蜂巢；但你不必担心
有东西会褪色。那个我们称之为
诗的东西，早已潜伏在
它们周围，像母爱
刚刚漫过初夏的阴影——
你不必担心它们会弄丢
我们安放在它们身上的故事。
寻找早已开始。命运是
命运的缺席，如同我们
也是我们的缺席。漂浮着，
醒目于我们只是偶然在场，
小小的抖动足以完成
一次涉及新生的簇拥；
更直观的，轻轻的旋转
也已同步发生在主观中，
取代了激进的晕眩。

它们身上的黑色，代表
未成年的经验，很可能
只是一种部落的舞蹈；
和我们身上的，全然不同。
我们身上的黑，还从未天真到
这一步。我们身上的黑
多半比它们的，更偏僻。
所以说，越是到后来，
偏僻，越是意味着幸福。

　　　　——赠钱文亮

2017 年 5 月 8 日

辰山植物园入门

最初的目击不包括
我们之中有人能幸运到
置身于花海的深处。
不合格的东西太多，甚至
令神秘的惩罚都已懒惰。
好在时光的秘密并不会
因时间的流逝，卷入石头的诡计。
水落之处，缝隙即赞美。
还想进一步分享的话，
绷紧的神经一旦混入
蝴蝶的插曲，成为看不见的心弦，
暗香几乎比人性伟大。
不。这不仅仅是我们如何属于
并拥有片刻的事情。
凡袅娜过的，未必只是有点遗憾
我们都不曾胜任往事如烟。
远处，不论清晰还是模糊，

视线和缥缈同样合理。
而森林从未辜负过象征性；
起风时，原始的警告
不只是令我们美妙于
原始的恐惧。从火海中逃离，
奔跑中，猕猴的背影
很像一次典型的返祖现象。

——赠徐俊国

2017 年 5 月 10 日

冰蝴蝶入门

一片空白中，它负责
及时出现，你负责纠正
记忆的偏差。它的晶莹美到
可以冻结你和人类之间
有过的所有的痛苦。
一旦你穿上厚厚的雪地靴，
系好围脖，它就会放大
时间的舞台。它不再需要翩飞，
它的翅膀已在你的秘密中
永久地撑开了一个透明的角度；
就好像对生命而言，
冷，曾经是最美的技艺。
想重温的话，不付出点代价
怎么可能？这么快，渴望
就已被混淆。它用最陌生的冷
触摸你的极限，半是试探，
半是警告，以便提前

你就能洞悉一个事实：
它的冷已孤独到不可触摸。
血脉近乎雪白，看上去
完全获得了雪的脉搏的谅解。
它不再是临时的角色，
但如果你需要，它也可以
随时去填补生活的阴影——
就好像那是一个保留节目，
很有人缘，也很少露出破绽。

2015 年 2 月 9 日

回暖学入门

二月以来，反光的低空中，
候鸟至少已向北迁徙过两次。
比起南飞时，队形近乎散乱，
但速度更急迫。那扇动的翅膀，
像刚刚磨过的黑色的刀片，
连续拍打着早春的神经。
有一点，至少可以肯定：
它们的鸣叫是否好听
绝不因人而异。它们的鸣叫
制造了两种回声：一部分
很快就消散在暗淡的天光中；
另一部分，像是拖着个钥匙坠，
垂直跌落到你的觉悟中。

这一幕其实也很常见，
就如同你的身边，回暖
正轻轻将着湖边的柳绿。

2015 年 2 月 25 日

蹁跹学入门

没被蹁跹点拨过的人
很难想象，随着尺寸越来越迷人
在你和我们的原型之间，
凡是可用蹁跹来面对的
移动物，它们最终的目标
都不在你我身上。这悲哀深得
甚至可以混淆海底
和心底的界限。归入
未解之谜，也很难减轻。
但假如换一种眼光，毕竟
我们也曾在各自的故乡
分别捕捉过分头行动的蝴蝶。
奔跑中，人的单纯
仿佛可以作为一个独立的故事
来处理。淋漓多么回报，
你在蝴蝶的翩跹中
也感受到了我们的翩跹。

一旦停下脚步，急促的
喘息中，距离很近，
蝴蝶的历史漫长得就好像
克罗马农人那时还没闻到过
烤鲑鱼的味道。

2014 年 8 月

原始场景入门

猎物年轻得就好像
你第一次目睹高原上的山谷；
好多绝招都和美丽的跳跃有关，
但在博物馆里，骨头
只会令生锈的记忆
更加迟钝。有草丛的地方
就不一样了：风梳理着
时间的鬃毛，花豹匍匐前行——
它嗅到的是美味很强烈，
它的前方，羚羊嗅到的是
这世界上，再也没有可爱的替身
能减缓死亡的淘汰率。
如果你觉得这里面也有你，
你嗅到的是，因为现场
太原始，我已无法原形毕露。

2015 年 6 月 20 日

卷 六

驯兽记入门

黑影憧憧，踩踏的响动
经脆断的枝叶反弹后，
粗重的鼻息渐渐从宇宙的背景中
过滤出新的物种：一旦靠近，
你可能是它的皮，鬃毛倒立，
紧张得就好像在你和死亡的对峙中，
悲伤是一头野兽；新的饥饿
已经形成，食物链的顶端，
你的愤怒比世界的虚无
还要精确一万倍。要排序的话，
按黑暗的程度，孤独是另一头野兽，
以生活为迷宫，将它的粪便
醒目地涂抹在白日梦的出口。
而你太爱干净，不甘于
假如按熟悉的程度排序，
死亡是你的最大的洁癖。
常常，趁着夜幕，巨大的悲伤

兽性弥漫，将命运反刍为
按胃口的大小，死亡无法改变
我们之间的心爱；死亡能改变的只是
我们之间还剩下多少粒虚无。

2018 年 9 月 15 日

台风山竹入门

当湛蓝的海面开阔到

让低垂的白云不断轻佻

人生如梦，它的不满已接近

一种临床现象；它不会止于

我们以为它不过是一种天气现象——

还有比充满梦幻色彩的

太平洋更好的舞台吗？

霹雳几乎是现成的，

它只需把它自己的疯狂的旋转

举向奇观的缺席；

行踪飘忽，但大致的方向

就像一个核按钮已被悄悄按下……

玻璃粉粹，伴随着美人的尖叫声，

从高空坠落的建筑残片将无视警告的行人

狠狠砸倒，而猛烈倒灌的海水

看上去更像有魔鬼卧底在我们中间

试图隐瞒在自然面前人人平等

比在法律面前人人平等

更有效。它的磅礴

几乎令所有的刺激物瞬间失效。

它漂亮于我们多少还能借助

它引发的恐怖反思世界的安慰。

唯一的区别，它的时间

要远远少于我们的时间。

所以，它只能从强度方面

报复神的遗憾。它放纵自己的失控，

沉湎于仿佛只有死亡能纠正

历史之恶。一旦复杂，

真实就难免太廉价。它必须让自己

看起来更像一个巨大的谣言，

妖艳于它的毁灭性，可以在异地

兑换成厚厚的一沓站票。

2018 年 9 月 16 日 金华

最后的蝴蝶入门

比香山更环抱，好色的落叶
又悄悄开始以你我为对象
进入它们酷爱的角色；
任何虚晃一枪，都比不过它们更擅长凋谢：
在风景的秘密中凋谢
好比你注定会迈出那自然的脚步；
在人生的恍惚中凋谢，意味着
它们渴望将自身埋伏成
一种只有轮回之歌才能认出的针眼；
在时间的深渊中，它们的凋谢针对的是
仿佛只有立秋后的蝴蝶
才能将世界的全部重量煽动为
一对美丽的翅膀，一会儿将你轻轻打开
一会儿又将我迅速合拢；

直至精灵们不满化身太偏僻，
从暗影里跳出，面对宇宙的苦心发誓
我们的智力从未被低估过。

2018 年 9 月 23 日

与你同在入门

仅仅说地势平缓
还不足以回馈这北方的山谷
悄悄将宇宙的温柔单独泄露给了
最陌生的你。没有痛苦
对我们的试探，没有愚蠢
对我们的羁绊，也没有永生
对我们的持续不断的小小的疑惑，
完美的置身如同影子也会流汗；
一旦心静胜过心经，稠密的鸟鸣
来自将时光高高竖起的秋天里
有一个气爽，蔚蓝到
生活的艺术就是与你同在——
你是黝黑的树洞，我会与你同在；
你是白云的梦，我会与你同在；
你是落叶，枯黄到令死神的小把戏
无地自容，我会与你同在；
你是支撑过足底的岩石的棱角，

我会与你同在；从枝丫上

突然飞起，你是差一点

就没认出的伯劳，我会与你同在；

刚刚润湿过干裂的双唇，

你是溪流，潺潺自然的同情

胜过心灵的慰藉，我会与你同在；

轻轻摇晃，放任美丽的颜色

加深情感的记忆，你是波斯菊，

我会与你同在。哪怕人生的阴影

将世界打回原形：你是爱的盲目，

黑暗到只有疯狂能成就

一个偎依，我会与你同在；

比闪电暴露得更多，你是我的

神秘的伤口，我会与你同在；

或者就像流言散布的，你是死亡的背叛，

我会与你同在；可怕的美

会嫌你年纪轻轻吗？你是深渊，

深到只有最陌生的我发出狮群的怒吼
才能将生死之间的界限抹去，
我依然会与你同在。

2018 年 9 月 27 日

秋夜入门

我记得这些依然弥漫在
世界的黑暗中的触摸：
啼哭是你的温度，新生比诞生尖锐；
僵硬是你的温度，你的游戏
始终领先人间的悲剧，
正如同你的躲藏常常领先我的眼泪；
一滴，就是一个十足的支点——
如果我想撬动地球，阿基米德的
叫喊听起来简直像蚊子。
很咸，但假如死亡的味道
仅只强烈于时间已坍塌在
时光的隧道中，全部的呼吸
就不会像此时这般将你的呼唤
过滤成你我的秘密。轻轻颤动的树叶，
偶尔会巨大到难以想象，
一个插曲，秋夜即秋叶；
这样的黑暗几乎可以将全部的仁慈

溶解到心灵深处；我不会畏惧

这样的挑战：你的虚无

最终会绷紧我的软弱，

就好像月光的绷带正缓缓展开。

2018 年 10 月 3 日

银杏夜入门

介于夏夜和秋夜之间，
它支起它的黑铁般的寂静，
将通往窄门的捷径
指给你看。它不担心
你会认错，它忠于时间
就好像它和陨石打过赌；
每一次路过，它都会准时于
喧响的树叶像勃拉姆斯
也曾想去非洲看大猩猩。
它清晰于人生不乏幻象，
但是距离产生美偶尔也耽误大事；
它严肃得像它瞧不起
镌刻在石头上的甜言蜜语。
它喜欢月光的热舞，
它孤独于没有一种怜悯
能搂紧在它的树枝上栖息的画眉。
温差确实有点大，它用冰凉溶解

宇宙的冷静，比邻神秘的善意；
如此，它高大于挺拔就好像
你正从峭壁的梯子上醒来。

2018 年 10 月 6 日

清水湾入门

太靠近碧蓝对波涛的耳语，
一排浪，意味着世界的脊背
已被按摩了不止一次；
所以，它的小完全是对比造成的。

肉很绿，茂密到也不全都是
枝叶在轻颤。从大叶榕
过渡到血桐，每个缝隙都太靠近
明亮对人生之谜的刺探。

当最好的溶解来自向外眺看，
黑眼睛也可以清澈到裸露的礁岩
反而不像一次意外；但我们会同意
眨动的睫毛是上扬的白云吗。

爬上去，山顶的寂静就好像

宇宙只剩下了一座大海。

你没有认出你的心灵的基座

不妨责怪一下：小沙滩太像时间的跳板。

2018 年 10 月 12 日

重阳节入门

以死亡为上坡，你的南方很高，
高到每朵菊花都是
一个金色的台阶。
以人生为下坡，我的北方很深，
深到每朵浮云都是
一个白色的叹息。
必须承认，我今天很黄，
对比度远远超过了植物的火焰
对炼狱的一次性补充。
金身比真身，哪一个
更像你的化身？如果忍受不了
膝盖的尖叫，我怎么敢赌
起伏的峻岭中唯有
此山为大？大到如果抬头看，

我几乎能看见我的背影

渐渐小于从你的肩头

慢慢飞走的一只山隼。

2018 年 10 月 17 日

铁栅栏入门

像枪管一样竖着，将冰冷的表情
排列在时间的无情中，它们的阻隔
堪比静物暗恋着一阵抽象；唯有锈痕叼着
一片片有毒的颜色，将历史的遗迹
提前暴露在生活的真相中。

有时，我们在它们前面将羽毛球
狠狠击向半空中蔚蓝的漏洞；
有时，我们在它们后面，像找到了
秘密珍宝一样弯下身，将细雪堆成
大白兔或熊猫的小表弟。

更多的时候，我们区分出的
另一组位置关系：外面和里面，
对它们而言，不过是生命的战栗
和古老的恐惧相互脱节的一个证明。
它们存在的理由是我们从不缺少借口。

紧追蝴蝶和麻雀，那么多小动物
都能从它们的缝隙中自由穿行，
甚至只是闻到一丝肉香，一只野狗
也能从相对显得狭窄的空隙中
硬挤过去。而我们是高贵的探险者，

第一次带你翻越它们的尖锐时，
我就像一个惯犯，对思想和罪恶之间的
模糊界限心存侥幸，而你借助
我的手臂的牢牢的托举，仿佛体验到了
从珠穆朗玛峰南坡下来是怎么回事。

2018 年 9 月 11 日

血债入门

雪白的墙壁刚好吻合
从来就没见过
这么垂直的现场：
在上面，一只秋天的蚊子
留下了一笔血债。
清晰的时候，一次重击表明
它不该将它的嗜血本能
集中发挥在你身上。
假如它不能分清流淌在
你身上的黏稠的红色液体
究竟和黑狗身上的味道
有何本质的区别，它就必须面对
致命的一击随时都会降临。
它的口味重到一点也不侥幸，
它的食谱暴露了食物链上的
不可弥补的原始缺陷；
所以，暧昧的时候，

它其实不欠你任何东西，
它没有冒犯你的权力，
没有亵渎你的信仰，
它只欠你永远都不会理解
你有可能也是一只蚊子。

2018 年 10 月 18 日

燕园荷塘入门

全部的荷叶都沤在
发黑的池水中；波光之上，
每一根茎秆都暴露在

丑陋的折断中；但倒影里
时光的低语绝不少于
相爱的喜鹊会偶尔飞过。

所以我说，这败落的景象
经不起比临床更现场，
一旦你的伤感足够紧凑，

我就会觉悟到连蚂蚁都知道
如何勤奋于真实的谎言，
绝不会冒充它仅仅是一个过客。

2018 年 10 月 23 日

秋水入门

通常，它会比春水更僻静；

波光近乎抛光，假如痛苦

如西蒙娜·薇依所辨认的——

更像一块漂在超自然的疗效上的木头。

水边植物中，它喜欢芦苇

远甚于菖蒲或鼠尾草，黄水仙

最多只能排到十名以外。

它不喜欢美丽被误用于

一个人只愿意欣赏自我的表象。

它宁愿落叶纷纷神秘于

我们已学会旁观。落叶的浸淫中，

它试图扩大更多的明亮

以便在颜色越来越深的水体中

减缓寒冷的速度。它知道

岸上有很多橙黄的果子

比鲜明的救赎更激进于

甜蜜的启示；它安静于

我们会不知不觉进入季节的对比。
它用它的安静谛听
雀鸟的忙碌。它安静得就如同
有一种眼神比天真更深湛，
它清澈的眼光几乎全都来自
你的目光在世界的真相中的
一种折射。如此，我敢肯定
随着冬天的逼近，它触动了另一种开端。

2018 年 10 月 25 日

熊猫基地入门

熊猫大道的尽头，怒放的鲜花
巧夺一个欢迎；无论你的身体
还有没有童年的影子，翠竹的密度
都出自天意很碧绿。小湖里游荡的天鹅
正好可用来点缀地球的背景音，
过了铁索桥，细竹枝和磨牙棒
像得简直让大熊猫忘了恐龙
也曾在这蓝色星球上享受过
秋天的阳光。一旦秋千开始摇晃，
你的运气也跟着开始翻倍。
一旦吊桥吱嘎作响，你的心跳
也会跟着对时间唱反调。一旦滑梯滚下
一团刹不住的肉球，你的成人礼里
原来还有一个小尾巴没甩掉。
一旦竹笋的清香传递出记忆的味道，
它们长着六个脚指头仿佛
也就没什么好奇怪的了。一旦假山上

它们的呼呼大睡比起旅途的劳顿
多少显得有点失礼，你就会发现
我们的天真原来并不怎么在乎
它们对我们一贯的忽视。原来此处，
重头戏的主角，各个都擅长将人间的黑白
浑圆在它们胖乎乎的身体之中。

2018 年 10 月 26 日

落叶颂入门

如果你不用落叶来称呼它，

它会是秋天的舞蹈中

最自在的一部分：脱离了树枝，

在翻转中投入金风的怀抱，

直到轻浮凭本义不断刷新

我们对死亡的假象的一个小误会。

或者，如果你的克制

足以自然到你不会用春天的模样

来对照它的前身，它就会记得

三个月前仿佛有黑黑的熊掌

将世界上最单薄的痒痒肉挠到

寂寞的碧绿差一点就要燃烧起来。

心形多么鲜明，如果你无法认出

从我们身上也会同样大小的树叶

飘向大地的戏剧，你凭什么敢说
痛到极点时，所有的深渊加起来
都浅得像鞋底的一片湿迹。

2018 年 10 月 27 日

秋风颂入门

世界的轮廓随着落叶的加速
起伏在秋风的呼号中,
旧的开关已完全失效;
但是蓝图多么手感,就好像
稍一提劲,冷雨的旋钮
便可转动一个替代性的解决方案。

腌过的彩虹,以及
没有一种雪白的抚摸
比得上神秘的安慰已被浮云
放大到比悠悠还极限。
一口气,我能喝光全部的虚无;
而人类的时间不过是你的杯底。

一旦这秘密乏味于爱的暗号,
我必须在无名的痛苦中
保持好那个平衡:以便

那些飘向天边的云朵
看起来比腾空的白马
更像远处山坡上的羊群。

我必须微妙我的冲动，
因为被死亡污染过的，很可能
已不限于时光倒流。我必须专注于
每一个亲爱的小动作；最要紧的，
我必须利索地打开一片柔软，
从缥缈中捏紧命运的走神。

2018 年 10 月 29 日

醒心杖入门

少他妈废话，我们都欠
自己的生命一份伟大的热爱。
最大的幸福，是欠出来的；
所以卡夫卡说，怎么定向很关键。
最美的美，也是欠出来的。
这一次，如果不是你欠，
那么这被叫作远志的小草
显然已替我们垫付了全部的药费。

说实话，一旦花容有点偏向紫蓝，
心，就会着迷于时间的秘密
都已菁华在植物的秘密中。
甚至身体的秘密一直就酣睡在
它的秘密中，直到看不见的手
伸得比命运的触角还长，
将它的根研磨成浅黄的细末，
放进罐子里，等你去踢翻人生的死角。

在此之前，它是草丛中的数学大师，
尤其精通铮铮铁骨里有多少
皂苷的小数点。虽然身段不错，
但你不一定每次都能数对
我们身上的那些窍门；而它绝不会弄错。
它才不会上冒不冒烟的当呢。
只要厨房窗户开着，它就会比你
更频繁地点数我们身上的诀窍。

2018 年 10 月 30 日

有何命运可言入门

如果风之舞
不以这霜红的树叶为
灵动的指尖，这美丽的边缘
如何辽阔一个北方；
如果我没能偶然踏上
这人迹罕至的小径，
半路上，突然停止了跑动——
如果这黑狗没能黑得
只剩下乌亮的眼睛，就好像
宇宙的黑暗突然只剩下
一粒中秋的月亮；如果这浑圆
不能及时亲切成一个支点，
我怎么能回顾到我们的秘密；
活塞多么原理，如果那些元气
不能漂亮成我的底气；
如果我无能想象你
不是以我为神秘的起点，

我如何能正确成如果我只顾
沉溺于抵抗历史之恶
而没能抽身更专注于如果我
无能与这命运的假设为敌，
我怎么敢跨越这爱的鸿沟——
如果你只剩下我。

2018 年 10 月 31 日

近乎漫游的秋游入门

醒目的旋飞来自
这漂亮的飘落只会出现
秋天的半空中：这样的游戏
不可能被误认，除非你
只知道隔着门缝欣赏脱衣舞。
主人究竟是谁？对我们来说
是个大麻烦，但对这些彩叶而言，
不过是风声紧得有点色情。
这个角度就不错，很方便你领略
美好的风景无不出自北风
也想找到它自己的风头。
他们看到的是凋谢，以及凋谢的
象征正试图勾引世界末日。
而你目睹的是收获之后
突然多出了一阵原始的亲热——
这是金黄的树叶之吻，
相互叠加着，扑向大地的腰鼓；

你是你的鼓槌，新说明书

就叼在喜鹊的嘴里。换一个姿势的话，

这是不断加剧的落叶的

金色之吻中，正忙着翻找细枝的喜鹊

突然将你的年龄减去了十岁。

抑或，这不过是静寂的北方树林中

一条普通的小路；但三小时后，

你和这世界之间所有的距离，

所有的界限，特别是你和喜鹊之间的

被动物本性出卖过两次的距离——

都将消失在时间的黑暗中，

只剩下世界的孤独像披在

幽灵身上的一件天衣。

2018 年 11 月 1 日

假如悲伤最终没能以美德为部落的话入门

这是一滴水，宇宙的纯净

被加减了两次；是的，你没有看错

这是一滴水混在浩渺之中

但假如我想将它分离出来

我绝不会失手将属于别的水滴的部分

混进它的明亮的结构

这是一滴我想在世界的安静中

把它秘密介绍给你的水

这是一滴水，它从来不会主动向你要求

人的目光；在我将它指给你看的时候

你最好从大象身上

收回你的目光；因为接下来

在缩短的距离里，情感的因素

会大大缓冲时间的爆炸

一滴水的体积会充满新的人性
如果你稍有走神，一滴水
就可能淹没一头大象

2018 年 11 月 5 日

以冬夜为现场入门

如果爱的记忆源于
特殊的植物，那么树叶落尽后
银杏的尊严反而没有
因枝干的裸露而减少丝毫；
甚至在附近，立冬的圆柱高大，
隐身于寒冷的天光试图弹奏
我和生命的三个分歧：
第一个分歧，在我身上，
永恒从未矛盾于渺小；
因为使用永恒，我知道
人的渺小相对于世界的无知，
其实是一种不错的节约时间的方法。
说到剂量，渺小更有效；
但是妙就妙在，永恒更瞬间。
第二个分歧，除了沉寂的
黑暗之鼓，北方的悲伤
在我的神学中已无路可退。

冬夜塌向人生的冷场；

更多的时候，我不是时间的对象；

我是沙子的对象。所以，抱歉，

任何吞噬都对我不起作用。

凡被这无边的沙子吞噬过的，在此之前，

我已将悲伤的沙子吞噬过至少一遍。

第三个分歧，每到一个地方，

缓过神来，我便会从我的思想开始，

将自己拆成空气的新零件。

这里，紧一紧；那里，拧一拧；

发动之后，心灵的引擎突然清晰于

机器的隐喻，那微妙的震颤

隔着细细的蓝烟，胜过一切真实。

2018 年 11 月 12 日 太原

2018 年 11 月 15 日 北京(修订)

世界之光入门

属于你的光

等待着一次触摸。

时间多么指纹，但依然比不上

童年多么开关。将印痕

仔细对照之后，你会发现

属于你的触摸，像一滴雨

下在了巨大的耐心中。

人世诡谲，更多的时候

一个人何时能完全属于他自己

听上去更像手还插在兜里，

石头却已投向湖心；

秋风中，漂亮的展翅雪白一阵鸣叫。

就凭这白鹭的回音，

即使死亡被秘密串通过，

属于你的黑暗也不存在。

从脚下正踩着的落叶的大小，

我能推断出你和世界的距离究竟有多远；

但愿幸福误会过这唯一的亲切：
门打开后，时间的洞穴
突然熟悉得像刚刚打扫过的家。

2018 年 11 月 17 日 武汉

糖藕入门

与红枣黑鱼炖在一起，

一抬头，月亮看上去像宇宙的左耳；

与核桃黄鳝爆炒在一起，

虎背眼瞅着就要脱节熊腰；

我差一点就没反应过来：

同样的清洗如果

用在我们身上，结果绝不会

像用在它们身上那么明显；

黑褐色的泥浆已被洗去，

且随着异味的消失，它们粗壮的根节

如同偏僻的乡村祭祀仪式里用过的

一种象征性器物，性感棕色的表皮刮除后，

白嫩的肉质清脆我们

必须对大地的馈赠和生活的礼物之间

重叠的部分有，一个更鲜明的态度；

富含黏液蛋白，滋补作用

微妙得就好像只要我们偏向

从气血的角度还原我们
对生命本身的无知，它们的粗纤维
就悄悄混入内部的搅拌，
直到我们重新意识到碱性食物的
平凡的魅力，像一份契约。

2018 年 11 月 19 日 武汉蔡甸

死亡之杯入门

黑暗中，生活的阴影

已没有立锥之地；甚至纯粹的

黑暗中，也只闪过细雨的微笑。

黑暗中，回声放大神秘的呼唤，

有些晃动甚至容易和树枝的颤动

混淆在一起，令命运分叉；

但你的安静不会出错，

你的安静让我从此以后再也不会迷路。

爱，比瞬间就慢了半步；

但是，漂亮的后腿有什么错？

甚至命运的无常也只是部分地假设

灵魂中最纯净的东西

有点像我们能在时间的奥秘里

凶猛地过滤人生的悲哀。

举起，又放下；说到榜样的力量，

夕阳无限好最对象，最透明，

甚至最接近一次交底：

就好像一仰脖，我饮尽的，
不是无形的世界，而是一个小皮球
突然在我脑后固定了一个浑圆。

2018 年 11 月 21 日 澳门

镜子入门

从河马到狮子，你的眼睛

是一面镜子；距离越遥远，

天真就越清晰。从蔷薇到樱桃，

你的镜子从未偏离过

自然的反光。敢不敢赌一下，

生命的美好离不开新的触摸。

从深情到深意，你的眼睛

可爱如一面小小的镜子

从未蒙上过命运的灰尘。

即使深埋到底下，也比人类的记忆干净。

从红枣到山楂，你的镜子

从不会把欢乐的时间浪费在

宇宙的迟疑里。我承担着

一份艰难的责任，幸运的是，

我从未抱怨过你的镜子

从不反映我的世界。我已找到

另外的途径。我还从来没有

在你的镜子里这么安静地
这么长久地，这么复杂地，
这么陌生地看清过自己的眼睛，
早晨的眼睛，浑浊的眼睛，
噙满悲伤的反光的眼睛——
假如痛苦只想让我更盲目地
战胜生命的虚弱，世界的虚无，
那么，来吧，哪怕这是残酷的事实：
无边的悲伤让我更像一个人，
一个以悲伤为神秘的无法命名的人。

2018 年 11 月 23 日 苏州

紫蓬山入门

有一种起伏叫山不在高；
有一种时刻叫比白鹭起得还早；
取平均值的话，我打开我自己的速度
比往常提前了十秒钟。轻轻一跳，
窗口和门洞的区别已没有意义。
表象之下，浩荡已无需取悦辽阔；
凡经得起眺望的，刹那间的忘我
仍算得上是一条关键的线索：
参天的栎树已足够礼貌；
更何况披红的水杉直观得就像
季节之光中了头彩；甚至紫气的浮力
也比想象的要大；绵延多么安静，
大地的尽头，一头被骑了千年的牛
轻得只剩下晃动的青灰色。

2018 年 11 月 25 日 肥西

黑莓入门

藤本植物的带刺的问候
不断强化了一个事实：
常见的覆盆子都很鲜红，
而它却不想在颜色问题上
再浪费我们的时间。它深知
表面的颜色并不总能助人
聪明于大自然的取舍；
如此，它选择索性黑到
把它扔进煤堆，就像一根针
真的掉进了汹涌的大海。
齐腰高的货架上，躺在薄薄的
像监狱一样透明的塑料盒里，
它醒目于只要钻石是黑的，
你尽管将它们放进张开的嘴中。
富含花青素是它的拿手戏，
所以再次转回到摆放它的货架前，
你无意中会听到来自生活的感叹，

一不留神，就可能激变成
针对生活本身的感慨：
长这么大，我还从未见过
野生的黑莓呢。如此，
角色是否可靠不见得
非绝色不可，命运的误会中
也并不全是命运的安排。

2018 年 11 月 27 日

新生物钟入门

醒来，又睡去；肉体和现场各占一半，
有点像狂风对命运做减法时，
你正在跨越旷野的一个边缘。

沟壑被落叶填满时，对比太强烈了，
甚至连死亡也误解过黑白
在我们身上进行的一个实验。

打开，又关上；没想到形状也这么刺鼻；
有点像下雪的时候，有一个真相
不再以你的冷静为前提。

拔起的树悬在半空，以世界之梦为浮力；
将我们罩在时间的砧板上，
无形的钟阴沉一个刻苦的缄默。

2018 年 12 月 1 日 海宁

给无形拧螺丝入门

我这样确定我的位置：
最大的悬念来自寂静，而不是
像以前他们试图让我相信的——
除了死亡，世界上
再不会有其他的悬念。

据说，灵魂敏感的程度
和季节关系密切；无双的脾气
本来就大，但依然比不上
假如无形突然松了，我们该怎么办？
拧一下，原来空气的龙头这么蓝。

在我周围，满地的落叶
令时间和人生之间的角力
充满假象；忧伤的直径
很随意就暴露在光秃秃的枝条间。
遮蔽减少了，阳光像半醒着的剑光。

我这样专注你的动静：
喜鹊和刺猬，都曾替天使传递过
神秘的礼物。前者更热衷
频繁的出没，后者更信赖零下的黑暗
对世界的寂静的一次性过滤。

2018 年 12 月 5 日 浦江

业余气象观测入门

从前空气会下沉但空气
不会堕落。一个黑影就可稀释掉
世界的荒谬。沿着气流，
鹰表演滑翔，就好像入夜后
总会存在着一种隐秘的关联，
而你必将受益于那静观的后果。

种种迹象表明，现场的荒凉
已领先于见证必须同历史有关；
山谷狭长，嶙峋人的孤独
其实还另有一个榜样。
始终陪伴在左右，溪水的奔流
甚至勾勒出了情感的底线。

俯仰之间，美景刺激
一个经验的孤立。树叶落尽时，
北方的骨感，将冷冽的风声

和命运的呼唤同时暴露在
心灵的悬念中，提炼着
气候的形状，冷比寂寞更纯粹。

从前雾气只知道偎依峻岭
才能构成一次美的埋伏；
从深潭里取水时，倒影的倒计时
那叫一个动魄：你突然喜欢上
自己看起来有点像一个信使。
是啊。争取时间，必须另有窍门。

巨大的浮动中，上船和上床
几乎可以同日而语。此外必须意识到
空气已叛变，带着异样的颗粒，

空气将雾霭压缩成一种代价；
泡沫泛滥，吐沫却少到只够用来抹一抹嘴角的愤怒。
除非太幸运，痕迹才能深刻为特教训。

2018 年 12 月 19 日 四会

乌榄树入门

快要成熟时，它的果实
性感得像松鼠的鼻尖；
比可爱还敏感，就好像刺探的对象
正从世界的神性向你大幅倾斜。

无论怎么挪动脚步，
你都只会站在它的对面；
只有转过身，或引入拍摄者的角度，
这样的面对才会突然消失。

就背景的独特而言，站在它前面
和站在它左边，没什么两样；
那一刻，它已从世界的化身中胜出，
挺拔在自然的多样性之中。

它的高大是为果实累累准备的，
它的树冠大方一个南国的漂亮；

如此，你的渺小反衬在它的荫翳中，
不是它的错。它才不会浪费时间琢磨

如何避免死亡的阴影呢。阳光越强烈，
它的喜悦越启示人性的迷茫。
甚至叫它黑榄时，它会兴奋得如同
寻狗的人在细雨中喊它的乳名。

2018 年 12 月 20 日 四会

冬天的连翘入门

如果不是拴有小标识牌，
上面的字迹写得清清楚楚，
你很难将这些枝条零乱的落叶灌木
与春天妖娆的连翘联系在一起。

季节的变化在它们身上造成的
外观反差太大，如同大自然
对绝对的记忆中绝对的美
动用了一种私刑，连喜鹊都劝不住。

而它们经受严酷考验的方式更绝：
失去了娇艳的花瓣之后，
它们仿佛也失去了对历史舞台的兴趣；
干枯的棕褐色正好用来加深

一种北方的性格，它们从枝条上
抹去时间的痕迹，抹去过客暧昧的眼神，
抹去死亡的暗示，直至你的同情心
突然发芽，悄悄卷入它们的轮回。

2018 年 12 月 27 日